LE TEMPLE
DE LA GLOIRE;
POËME
DÉDIÉ
AUX CITOYENS DE VERDUN.

Par M. LANGLOIS, *Chanoine de la Cathédrale de Verdun, en 1776.*

In bicipiti somniasse Parnasso memini. Perf.

Je me souviens d'avoir rêvé sur le double sommet du Parnasse.

L'original latin de ce Poëme est de M. LANGLOIS, *Chanoine de la Cathédrale; la traduction françoise en prose est de M. l'Abbé* DE SOUVILLE, *Chanoine & Chancelier de la même Eglise; & la Traduction en vers est de M.* PONS *l'aîné, de Verdun.*

M. DCC. LXXVI.

TEMPLUM GLORIÆ.

ORTÈ per anfractus sylvarum solus amœnos
Nescio quid meditans errabam, en obvia se dat
Spelunca æterno quam circum gramine muscus,
Atque hederæ, redolensque adiantum hinc indè coronant.
Ingredior, viridi frigus captare sub umbrâ.
Mens mihi tunc inerat, sed non sine numine Divûm
Hîc aderam, fessos etenim vix gramine molli
Artus composui, subitò cùm lumina somnus
Occupat, attonito præbet se Nympha videndam,
Nympha meis oculis bene nota, sed illam
Vix agnosco Mosam, quam semper pectore toto
Non frustrà colui, quippè hæc redamavit amantem.
Nunc ægram redimit frontem deformis arundo, (1)
Sparsa comam, fuscâque humeros circumdata pallâ

(1). On a coutume de représenter dans la Mythologie les Nymphes qui président aux fontaines & aux fleuves avec des couronnes de roseaux.

LE TEMPLE

DE LA GLOIRE.

ENIVRÉ à des douces rêveries, je m'égarois seul un jour dans les agréables détours d'une sombre forêt : une grotte charmante s'y offrit tout-à-coup à mes yeux, une mousse toujours verte en tapissoit le contour, le lierre, l'odorant capillaire unissant leurs feuillages, y formoient un berceau dont l'ombrage épais offroit une fraîcheur délicieuse. Je veux en jouir, j'y entre dans ce dessein, je n'en avois point d'autre ; mais un Dieu y conduisoit mes pas. Je le sentis bientôt ; à peine je reposois sur un lit de gazon mes membres fatigués, que le doux sommeil vint verser ses pavots sur mes paupieres. Dans l'instant je vis en songe une Nymphe : c'étoit cette Nymphe que je connois dès mon enfance, que j'ai toujours chérie & honorée, & qui a si bien reconnu mes hommages, c'étoit la Meuse ; mais que j'ai de peine à la reconnoître ! ses roseaux (1) sont en désordre sur son front où la tristesse est peinte, ses cheveux sont épars sur ses épaules, une robe de deuil l'enveloppe toute entiere, dans

Funereum gestat dextrâ languente cupressum.
Cui prior: insolitum quem volvis corde dolorem?
Ingemit hæc: mæstoque trahens è pectore vocem,
Heu nescis! Fatis cessit celeberrimus Heros (2)
Quo nec erat melior scalis ascendere muros,
Quo nec erat melior turmas perrumpere ferro.
Ah, decus interiit nostræ Kevertius oræ!
Sic effata; oculi lacrymis rorantur obortis,
Sed non passa diù fletus nos fundere inanes
Gloria; quæ subitò præsens affatur amicè;
Desinite heroem lacrymis urgere sepultum,
Vivit, io, vivit; nil debet manibus imis,
Et nunc Heroas inter superosque recumbit.
Sic loquitur. Dextrâque Mosain, lævâque prehendit
Me trepidum, facilique rapit per inane volatu,
Nos locat in tumulo (3) qui proximus imminet Urbi (4).
Deindè creatrici rupem virgâ ferit, ecce
Ad Nymphæ nutus Templum mirabile surgit,
Marmoreæ tollunt fastigia celsa columnæ,
Marmorei muri stant, Templi limina sursùm
Atria pretexunt fulcris ornata superbis.

---

(2). On suppose que ce Poëme a été fait immédiatement après la mort de M. de Chevert.

(3) *Tumulus* est un terme latin qui se prend pour une élévation quelconque, il n'a même été pris pour signifier tombeau, que parce qu'on élevoit des hauteurs sur les tombeaux. On met ici la scene qu'on veut représenter, sur l'endroit si connu à Verdun par le mot de *roche*.

(4). Le mot d'*Urbs* est toujours pris dans ce Poëme pour la Ville de Verdun: pour les Verduneis, c'est la Ville par excellence.

ſa main eſt une branche de cyprès qu'elle a peine à porter. Telle elle vient s'offrir à mon eſprit.

O Nymphe, m'écriai-je en lui adreſſant la parole! ô quelle profonde douleur vous agite & vous conſume! ne dédaignez pas de me l'apprendre. Ah! vous ne ſavez pas donc, me dit-elle en gémiſſant d'une voix mourante & entrecoupée de ſanglots. Il a cédé à la fatalité du deſtin, cet illuſtre Héros (2) qui n'eut jamais ſon pareil pour eſcalader les remparts ou enfoncer les bataillons; ce Héros, l'honneur de la patrie. Chevert! . . . . Chevert n'eſt plus. Ainſi parla la Meuſe, & auſſi-tôt des torrens de larmes coulerent de ſes yeux.

Mais la gloire ne nous laiſſa pas long-temps en proie à des regrets ſuperflus: elle ſe préſente à l'inſtant à nous, la gaieté ſur le front; & d'un ton d'amitié, ceſſez, nous dit-elle, de pleurer un Héros que vos larmes offenſent: il vit, réjouiſſez-vous; il eſt affranchi du ſombre empire des triſtes mânes, il eſt au Ciel aſſis parmi les demi-Dieux. En parlant ainſi, elle prend la Meuſe d'une main, de l'autre elle me ſaiſit tout tremblant; & fendant avec nous les airs, elle nous tranſporte près de la Ville ſur ce roc fameux qui la commande.

Elle le touche de ſa baguette, le néant céde à ſon pouvoir, un Temple s'éleve: ô prodige! ſes murs tout de marbre, ſes colonnes de porphyre qui ſoutiennent loin de la terre ſa voûte majeſtueuſe, le ſuperbe portique qui regne ſur toute ſa façade, & décore ſes portes immenſes,

Non citiùs Vates Amphion (5) saxa canendo
Movit dircæis dùm terris conderet Urbem.
Mirabundus eram confusus imagine rerum,
Attonitosque Mosæ complent dulcedine sensus
Gaudia; tùm blando recreans nos Gloria vultu,
Æmula sideribus quæ surgere tecta videtis
Hæc mea sunt, inquit; memori sculpentur in ære
Hîc quicumque acies Martis durosque labores
Molli prætulerint vitæ, vel qui decus Urbi
Juge tuæ addiderint scriptis, dùm vita manebat
O Mosa, jure tuum nomen laudesque canendo,
Vel quicumque sibi famam pepperere per artes,
Quique sacerdotes populis fax alma fuere.
Sic ait: invitatque sui sub fornice Templi.
Grande mihi apparet solium penetralibus imis
In quo sublimis residet dùm gloria lauros
Partitur, grato majestas ridet in ore,
Purpureoque caput rutilum diademate fulget;
Assidet hinc justam portans Astræa bilancem,
Illinc & Virtus vultu spectanda modesto.
Cernimus attoniti quæ se spectacula nobis

(5) On sait qu'Amphion, selon la fable, est un des héros de la musique: il eut pour pere Jupiter, & pour mere Antiope. Par les charmes de sa lyre & de ses vers, il sut si bien adoucir les mœurs sauvages des hommes, qu'ils se laisserent persuader de bâtir des villes & de vivre en société. De nos jours les Jésuites ont eu besoin de recourir aux charmes de la musique pour civiliser les sauvages du Paraguay. C'est sur cet effet naturel de l'harmonie maniée par un habile Maître, que les Poëtes ont feint que les pierres dociles aux sons mélodieux qu'Amphion savoit tirer de sa lyre, vinrent à son gré se placer les unes sur les autres, & éleverent ainsi les murailles de la Ville de Thebes.

tout est achevé à la fois. Les pierres n'obéirent pas plutôt à la voix d'Amphion (5), Thebes ne fut pas aussi-tôt bâti.

A ce spectacle enchanteur j'admire confus & hors de moi-même; une surprise plus tranquille se mêle à la plus douce joie dans le cœur de la Meuse. La gloire alors tempérant la majesté de son visage par un sourire divin, lui adresse ainsi la parole: Vous voyez, ô Meuse, cet édifice dont le faîte touche les Cieux, & qui brille comme les astres, c'est mon Temple, c'est cet auguste sanctuaire où je consacre à l'immortalité sur l'airain tous ceux qui ont contribué au lustre de votre Ville célébre dans tous les temps, & les Guerriers qui ont préféré à une molle oisiveté les fatigues & les combats, & les Ecrivains fameux, sur-tout ceux qui vous ont dignement célébrée, & les Artistes qui ont excellé, & les Prêtres qui ont été la lumiere du peuple.

Elle dit: elle nous introduisit aussi-tôt sous ses immenses voûtes. Au fond du Temple est un trône dont l'élévation frappe de loin mes regards étonnés; la gloire y monte pour distribuer ses couronnes; elle brille alors d'un nouvel éclat; ses traits sont plus majestueux, un riche diadême mêle ses couleurs de pourpre aux rayons de lumiere qui partent de son front: elle s'assied, la Justice est d'un côté, une balance à la main, de l'autre la Vertu toujours reconnoissable à son air de modestie.

Nous regardons avec étonnement les merveilles qui se développent à nos yeux; entre tant d'ob-

Pandunt, incerti quid primum, quidve secundùm
Miremur, volumus rursùm jam visa videre.
Artis opus mirum! Collucent cuncta pyropis,
Civibus & nostris erexit gloria scitè
Hîc immortalis spectanda insignia pompæ.
Lossius (6) hos inter splendescit, qui fuit Urbi
Præsidium & clypeus; quamquam non natus in illâ,
Hoc tamen est meritus monimentum & pignus amoris.
Intonat ad dextram magnis Kevertius (7) ausis:
Aspicite ut celsas audax irrumpit (8) in arces
Primus, & Austriadûm muris insignia figit
Gallica; at oblitus (9) pugnæ, cædisque cruentæ
Parcere vult victis, captamque furentibus urbem

---

(6) M. Losse fut fait Gouverneur de Verdun en 1561, à la priere du Chapitre & de la Ville qui demanderent le rappel de M. Boucart, parce que celui-ci favorisoit le parti des Huguenots; le nouveau Gouverneur se comporta avec tant de prudence, qu'il maintint la paix & la tranquillité dans toute la Province. Sa bonne conduite lui valut après sa mort un monument de reconnoissance de la part du Chapitre de la Cathédrale: c'est un tableau où il est représenté avec son fils qui lui succéda dans le Gouvernement de Verdun. A la fin de ce Poëme on trouve l'inscription honorable qui est au bas de ce tableau.

(7) François Chevert, Lieutenant-général des armées du Roi, Commandeur, Grand-Croix de l'Ordre Royal & Militaire de Saint Louis, Chevalier de l'Aigle blanc de Pologne, Gouverneur de Givet & de Charlemont, nâquit à Verdun le 21 Février 1695, & mourut à Paris le 24 Janvier 1769. Ce fut, sans contredit, un des plus braves Officiers qui servirent sous le regne de Louis XV. On va voir que c'est avec justice que Verdun se vante de l'avoir vû naître dans ses murs.

(8) Il est ici question de la premiere action de bravoure qui fraya le chemin de la gloire à M. Chevert; ce fut le 25 Novembre 1741, que M. le Comte de Saxe attaqua la Ville de Prague; il falloit la prendre en peu de jours, ou se retirer avec honte; on manquoit de vivres, la saison étoit avancée,

jets nous ne savons lequel admirer le plus, & nous revenons cent fois sur ceux que nous avons déja vus. Quel art! Quel admirable mêlange d'or, d'argent & de pierreries! C'est-là que la gloire a érigé aux citoyens qui s'en sont rendus dignes de glorieux trophées où elle a gravé elle-même les titres de leur immortalité.

Losse (6) brille parmi les guerriers; il est étranger, mais il a été l'appui des citoyens, le rempart de la patrie; il lui est dû un monument d'amour & de reconnoissance.

Près de lui est Chevert (7); sa noble audace publie encore ses brillans exploits: voyez avec quelle intrépidité il s'élance (8) au haut de ces murs le dernier boulevard de l'Autriche. Le premier il y plante les drapeaux victorieux de la France. Mais comme sa fureur guerriere s'appaise (9) tout-à-coup au sortir du combat, il triomphe des vaincus par sa clémence, & par l'attention qu'il a de les arracher à la rage & à l'avidité

& François, Grand-Duc de Toscane, depuis Empereur, étoit à cinq lieues avec une nombreuse armée. Tandis qu'on faisoit deux attaques avec un grand fracas d'artillerie, M. Chevert, alors Lieutenant-Colonel au régiment de Beauce, escalada le premier les murs de la Ville avec une échelle si courte, qu'on avoit été obligé de l'aggrandir avec une civiere, & le premier il sauta sur les remparts.

(9). Le Comte de Saxe qui commandoit après le siége dans la Ville, donna de si bons ordres & fut si bien secondé par M. Chevert, que pendant trois jours les François & les Saxons furent confondus avec les habitans, sans qu'il y eût une seule goutte de sang répandu. Cette action est au-dessus des éloges qu'on lui donne ici, même au-dessus de la bravoure des vainqueurs.

Militibus subducit ovans, sine sanguine lauros
Saxonidum Princeps amat, & Kevertius unà.
Major in adversis, surgitque audentior Heros
Hîc oppugnatâ (10) decedere cogitur urbe
Milite cum pauco, sed non sine laude, videris
Certa triumphalis portantem signa recessûs.
Non ruit in sævos Mavors animosior hostes
Cum furit Æmathiis media inter prælia campis
Quàm gaudens armis Kevertius, invia saxa,
Hîc superat, montesque Alpinos (11), jamque supremas
Insiliit rupes, quamvis horrentia pilis
Agmina mille obstent; mortemque tonantia centum
Æra vomant; Heros ludum discrimina censet.
Per juga, per scopulos comitari exultat euntem
Audax & delecta virûm manus (12); obvia ferro
Quæque metit, gestit per aperta pericula laudes

(10) M. Chevert fut laissé dans Prague par M. de Belle-Isle, avec dix-huit cens hommes; avec cette poignée de monde il contint les nombreux habitans de cette grande Ville, il en imposa au Prince Lobkowitz qui assiégeoit Prague, & qui admirant sa bonne contenance & son courage, lui accorda une capitulation honorable avec les honneurs de la guerre, & deux canons aux armes de l'Empereur Charles VI. Ce Prince en fut si reconnoissant, que le 28 Janvier 1743, il écrivit la lettre suivante à M. de Belle-Isle.

» Je suis très-sensible à l'attention qu'a eue le Brigadier » Chevert de demander les deux piéces de canon; vous me » ferez le plaisir de l'en remercier de ma part, & lui dire » que je serai charmé de lui en témoigner ma satisfaction : vous » savez que j'ai toujours beaucoup estimé cet Officier, qui » s'est distingué dans toutes les occasions, & particuliérement » à la prise de Prague, ce qui m'avoit engagé à le nommer » mon Lieutenant dans cette Ville. Il s'est comporté dans ses » fonctions avec tant de fermeté, de prudence & d'esprit, » de conciliation & de justice, qu'il s'est attiré la confiance » de mes sujets. J'attens que vous soyez ici pour voir ce qui

des Soldats. Maurice & Chevert aiment les lauriers qui ne sont pas trempés dans le sang.

Il est plus grand encore dans les revers : contraint d'abandonner une Ville (10) assiégée où il ne peut plus tenir avec une poignée de monde, il en sort en vainqueur, sa gloire en est plus assurée, cette retraite est son triomphe.

Semblable à Mars, lorsque dans les champs de Thessalie il se jette avec furie sur ses ennemis, l'impétueux Chevert s'ouvre un passage au sommet des Alpes (11), à travers des rochers inaccessibles, à travers de formidables bataillons soutenus par d'horribles retranchemens, & par cent bouches d'airain qui vomissent le fer & la mort : ces périls ne sont qu'un jeu pour notre Héros.

Une troupe (12) d'élite, fameuse par sa bravoure, marche fiérement sur ses pas, & moissonne avec le fer tout ce qui se présente sur

---

» lui fera le plus de plaisir. Sur ce je vous prie, &c. A Francfort. Signé, CHARLES.

Cette lettre est un titre de noblesse plus honorable pour M. Chevert, que tous les parchemins poudreux qu'il eût pû tirer des archives d'un vieux château.

(11). L'action de Château-Dauphin fut une des plus vives qu'il y ait jamais eu. M. Chevert à la tête de l'avant-garde, se rendit maître du poste de la Gardette & d'un roc inaccessible où les Piémontois étoient retranchés. Le Roi de Sardaigne présent à l'action animoit lui-même ses Soldats, tandis que nos Grenadiers, excités par M. Chevert, passoient à travers les embrasures du canon ennemi, en profitant du moment où les piéces ayant tiré, reculoient par leur mouvement naturel.

(12). On a voulu ici en passant faire l'éloge des Grenadiers françois, qui montrerent à l'attaque où M. Chevert les conduisoit une valeur plus qu'humaine.

Quærere turma alacris; non ferrea claustra morantur
Auspice Borbonio (13) pertentant omnia galli.
Infremit Allobrogum Princeps, victricibus armis
Cùm videt eversas acies disjectaque castra,
Necnon turpe solum mento tetigisse minaces.
Fulmineum quàcumque rotat Kevertius ensem,
Hostes diffugiunt; rursùs Germania testis.
Cernitis? Impavidus (14) prærupta cacumina montis
Exuperat, turmasque fugat per tela, per ignes,
Pugnantes Heros animis audacibus implet.
Felices Galli nimiùm, si fortiter æquè
Bellassent alii quibus oppugnare licebat
Hostes jam pavidos! [illegible] quò cogit pectora livor!
Ipse etenim longo non ordine fulget avorum,

(13). C'étoit M. le Prince de Conti qui commandoit en chef à cette action de Château-Dauphin: voici ce que ce Prince en écrivoit au Roi. . . . . . » C'est une des plus brillantes & des plus » vives actions qui se soient jamais passées. Les Troupes y ont » montré une valeur au-dessus de l'humanité. La brigade de Poi-» tou ayant à sa tête M. d'Agenois, s'y est couverte de gloire; » la bravoure & la présence d'esprit de M. Chevert, y ont prin-» cipalement décidé l'avantage. Je vous recommande M. de » Solemi & M. de Modene «. On perdit deux mille hommes à cette action, mais il n'y resta pas un Piémontois. Le Roi de Sardaigne au désespoir vouloit se jetter au milieu des ennemis, mais on l'en empêcha. Il n'y avoit que des François qui pouvoient sans canon forcer un poste gardé par trois mille hommes, tandis qu'il étoient foudroyés par le canon des ennemis. Le Bailli de Givry qui avoit été blessé dès le commencement de l'action, apprenant par le Marquis de Villemur que les François venoient de forcer un autre passage, fit sonner la retraite pour ne pas faire tuer des Soldats inutilement; mais M. Chevert avoit tellement animé nos Grenadiers par son exemple, qu'ils n'écouterent point l'ordre, s'élancerent sur le canon ennemi, & emportent le poste.

(14). C'est ici la bataille d'Hastembeck, qui se donna le 26 Juillet 1757, dont on veut parler. C'étoit M. le Maréchal d'Etrées qui y commandoit en chef; M. Chevert fut chargé

son passage, la gloire seule les anime, & pour en acquérir ils se précipitent avec joie dans les plus grands dangers, il n'est point d'obstacles qui les arrête. Tout est possible à des François commandés par un Bourbon (13). Le Roi de Sardaigne frémit & pleure de rage lorsqu'il voit ses retranchemens forcés par nos Soldats victorieux, ses bataillons rompus de toute part, & ses plus vaillans guerriers, après avoir fait payer bien cher leur vie, mordre tristement la poussiere.

Par-tout où Chevert fait tomber les coups de sa foudroyante épée, par-tout l'ennemi est en déroute. L'Allemagne l'éprouve à son tour.

Fixés ce rocher (14) escarpé; Chevert se porte sur sa cîme, & met en déroute un corps d'armée qui lui oppose en vain le fer & le feu. Son audace se communique à tous ceux qui combattent sous ses ordres. Oh François ! Quel bonheur pour vous si tous vos chefs eussent combattu comme Chevert ! S'ils eussent au moins profité de la terreur & du désordre qui décidoient déja de la défaite entiere de nos ennemis. Mais que ne peut pas la basse jalousie sur le cœur des

---

de chasser les ennemis de la sommité d'une montagne. En allant à l'attaque, il jette les yeux sur le Marquis de Bréhan, Colonel du régiment de Picardie, & en lui serrant la main, il lui dit d'un ton vif & animé: Jurez-moi que vous & votre Régiment vous vous ferez plutôt tuer jusqu'au dernier, que de reculer. Jamais, dit un auteur célébre, serment ne fut moins nécessaire, & ne fut plus ponctuellement exécuté. Les Officiers voulurent faire prendre une cuirasse à M. Chevert : & ces braves gens en ont-ils, dit-il, en montrant les Grenadiers ? Un tel chef est sûr de mener ses Soldats à la victoire ; aussi malgré le feu très-vif des ennemis, il les culbuta & les chassa des hauteurs qu'ils occupoient.

Nec titulos jactat, nec nomen inutile natis
Ignavis, prisco sed pro stat stemmate virtus,
Pro statuis procerum, palmæ quas messuit amplas,
Supremos (15) meruit si non sit adeptus honores.

Parte ex adversâ, ripis Alberta (16) refulget,
O Mosa! nota tuis, hæc si sub casside vultum
Terribili celet, formosum, Pallada credas;
At Venus est positis, hanc si conspexeris armis:
Sed Pudibunda Venus, castum non illa pudorem
Quæ fugat, hîc avidos ardens à mœnibus arcet
Prædones, illic audaciter arripit ensem,
Mutat Amazoniâ fusos pallamque securi,
Et spumantis equi leviter moderatur habenas.
Tum volat: Hostis adest? Nusquam mora, cæditur hostis:
Eripit infidi raptoris ab ungue puellas,

---

(15). Ce vers fait allusion à la bataille de Luttemberg, dont le gain fut dû aux bonnes manœuvres & à l'intrépidité de M. Chevert.

(16). Alberte Barbe d'Ernecourt, Dame de Saint Balmont, naquit le 14 Mai 1607 à Neuville en Verdunois. Ce fut une Héroïne qui nous rendroit presque croyable ce que nous lisons dans l'Arioste de la bravoure des Marfise & des Bradamante. Cette Amazone moderne vint au monde dans ce temps malheureux où il falloit toujours avoir les armes à la main pour acquérir un moment de tranquillité chez soi. Madame de Saint Balmont passa sa vie dans des allarmes continuelles: toujours à cheval à la tête de quelques braves, elle n'employa jamais ses armes qu'à repousser les brigands multipliés dans ce malheureux temps, qu'à protéger ses vassaux, à sécourir ses voisins, & à tirer de l'oppression la veuve & l'orphelin. Le Pere Desbillons fit imprimer à Liége, en 1773, la vie de cette Héroïne. On y trouve le détail de ses exploits militaires, & de ses vertus chrétiennes. Mais M. Pons, Auteur de la traduction en vers de ce Poëme, nous avertit qu'il manque encore un trait au tableau que nous a tracé le Pere Desbil-

mortels!.. Non, Chevert ne se glorifie pas dans les monumens érigés à ses ayeux, il ne vante pas un nom fameux qui ne sert de rien à des lâches qui en héritent. Des talens, de la valeur, voilà ses titres de noblesse. Une moisson de lauriers, voilà les statues de ses ancêtres. S'il n'est (15) pas élevé au comble des honneurs militaires, il les mérita.

Vis-à-vis de Chevert, cette femme qu'attire vos regards, ô Meuse! c'est Alberte (16) si fameuse sur tous vos bords; elle est Pallas, si elle cache sous un casque son beau visage; si elle quitte son casque, elle est Venus, mais Venus embellie des traits de la décence & de la pudeur. Elle prend l'épée, elle change en une armure d'Amazone sa longue robe & ses fuseaux. Avec quelle légéreté elle manie les rênes blanchies de l'écume de son fougueux coursier! L'ennemi paroît, elle vole, elle le charge, il est mis en fuite. Tantôt elle écarte de ses murs des brigands avides de dépouilles; tantôt elle arrache des vierges tremblantes des mains cruelles d'un perfide

---

lons, & à la notice de Dom Cajot. Madame de Saint Balmont fut non-seulement une guerriere intrépide, une chrétienne vertueuse; mais elle mérite encore d'être mise à côté des Corinne & des Sapho. Elle donnoit aux Belles-Lettres ses instans de loisir. Elle a composé deux piéces de théatre; savoir, *les Jumeaux Martyrs*, Tragédie imprimée à Paris en 1650, *in-4°*. chez Augustin Courbé, avec un avis de l'Imprimeur, & *la Fille généreuse*, Tragi-comédie en cinq actes & en vers, en 1650. Cette derniere n'a jamais été imprimée, mais M. Pons nous avertit encore qu'elle est en manuscrit dans la bibliothéque du Roi.

Aut flammis segetes subducit; Templaque sancta:
Hac duce pax circum totis redit aurea campis.
Stant multæ effigies illinc, fulgensque coronat
Circumfusa manus, micat in tot millibus Heros (17)
Arduus incedens, animo super æthera notus,
Huic genus à proavis ingens, antiquior ætas
Innumeros vidit magnis clarescere factis:
Vivitis Heroes, & adhuc superestis in illo
Quem Regina potens mediâ miratur in aulâ:
Cautum consiliis, justi rectique tenacem,
Sæpiùs in bellis hunc est experta valentem.
Heu! quàm dira fremit rodens ingentia livor
Facta! Renascantur. Surgent nova semina fellis:
Testis quem (18) video festinâ morte peremptum.
Conspicuis frustrà meritis exæquat honores,
Frustrà inter Proceres illum compellat amicè
Magnanimus Princeps qui cùm sibi norma regendi
Sit solus, justâ præponderat omnia lance.

---

(17). M. de Saintignon, Lieutenant-général en Empire, connu par ses talens militaires. Sa famille est originaire de Verdun; comme il vit, sa modestie m'empêche de faire un plus long éloge de ses vertus.

(18). Simon Diard, dit Le Febvre, est celui dont on a voulu parler ici. Il naquit à Verdun en 1716; il y fit ses études, & se destina d'abord à l'état Ecclésiastique. Persuadé que dans les Provinces les talens ont besoin d'être perfectionnés par des secours étrangers, il se rendit à Paris; mais certains désagrémens domestiques dans l'éducation de quelques éleves, le jetterent d ns la profession des armes; de Précepteur il devint Soldat. Un vuide accablant que les exercices de sa nouvelle profession remplissoient mal, l'élança dans la carriere du dessin. Souvent au Corps-de-garde on le surprit le compas & le crayon à la main. Il faut consulter le reste de cet article dans l'Almanach de Dom Cajot: On y trouvera

ravisseur

ravisseur; ici elle sauve des flammes les moissons & les temples. L'heureuse, l'heureuse paix revient sous ses auspices regner dans toutes les campagnes d'alentour.

De l'autre côté, parmi ces portraits étalés en grand nombre çà & là, vos yeux sont particuliérement frappés de ce Héros (17) dont le port majestueux efface tous les autres: il y a longtemps que tous ceux de sa race sont connus, on ne peut compter tous ceux de ses ancêtres qui se sont rendus célébres par leurs exploits. Illustres Héros, vous vivez tous dans celui-ci! il a souvent mérité l'admiration d'une grande Reine par sa prudence dans les conseils, par son incorruptible probité au milieu de la Cour, & plus souvent encore par sa valeur dans les combats.

Quel redoutable monstre que l'envie pour les grands hommes! Toujours elle frémit en les voyant: toujours sa dent cruelle s'attache à détruire leurs plus belles actions; plus elles se multiplient, plus son fiel toujours renaissant en empoisonne de nouveau la gloire. Vous le voyez dans ce Guerrier (18) qu'enleve une mort prématurée. En vain ce Prince magnanime qui ne prend conseil que de sa sagesse & de sa justice, en vain ce Roi dans la paix un Auguste, un Mars au premier signal de la guerre, en vain ce grand Roi l'a-t'il placé avec complaisance parmi les Grands de son royaume, & accumulé

---

ce que l'on a voulu exprimer ici, que l'envie fut la cause de la mort de M. Le Febvre qui arriva le 14 Septembre 1771.

Augustus sapiens dùm durant otia pacis,
Mars novus est, dederit si belli buccina signum.
En nunc post Bellatores stant ordine longo
Sacri Pontifices, olim virtutibus Urbi
Et decus & columen, quos inter splendidus ille
Eminet Agericus (19), viduæ pater atque pupilli.
Ponè venit Madalvæus (20) qui pavit egenos
Escis quas durus rapuit sibi, rebus in arctis
Oppresso populo fuit anchora certa salutis.
Pannosis fuerit licèt in magalibus ortus
Psalmæus, (21) virtute suâ conscendit honorum
Culmen, & hunc pietas pariterque scientia clarum
Effecêre, sacer consessus ab ore loquentis
Visus hians pendere olim, dùm diceret acer
Legum defensor veterum documenta vetusta
Moribus esse viam reparandis, quos malus error
Fœdârat, populo sic Pastor ad astra præibat.
Ortu Psalmæo similis, par dotibus illi
Claudius (22) effulsit; dextrâ trepidante vocatus

---

(19). Saint Airy, dixiéme Evêque de Verdun, étoit né à Harville, Village de ce Diocèse; il siégea depuis 555, jusqu'en 591: il est représenté dans nos anciennes chroniques comme le pere des pauvres.

(20). Saint Madalvée fut le XXIIIe. Evêque de Verdun, dont il occupa le Siége épiscopal depuis 735, jusqu'en 765. Les sollicitudes pastorales de ce saint Pontife pour son troupeau, l'ont immortalisé dans nos annales.

(21). M. Pseaume naquit à Chaumont-sur-Aire, dans ce Diocèse. Ce fut un Prélat d'une grande piété & d'un savoir peu commun; il assista au Concile de Trente où il se distingua par son zéle pour la réforme; il fut même élu Secrétaire de la Congrégation établie pour cet effet. Nous avons de lui quelques ouvrages, entre autres une collection des Canons & des

sur sa tête des honneurs dont il étoit digne, il n'a pû le garantir de la fureur de ce monstre.

Après les Guerriers, plus près du trône, s'offre une longue suite de saints Pontifes, l'honneur & le soutien de cette Ville par leurs vertus. Le premier & le plus éminent est Airy (19), le pere de la veuve & de l'orphelin. Madalvée (20) le suit : comme lui il fournit aux besoins des pauvres, en se retranchant à lui-même le nécessaire le plus pressant. Il fut, dans les temps de calamité, la ressource & le salut de son peuple opprimé.

Pseaume (21) étoit né sous une humble chaumiere, dans l'état le plus pauvre ; son mérite seul le conduisit aux honneurs du sanctuaire, & il y brilla autant par sa piété que par sa science. On a vu l'assemblée la plus auguste de l'univers, étonnée de son éloquence, rester comme immobile, lorsqu'il parloit du maintien des loix, & qu'il réclamoit, avec une vigueur digne de son zéle, l'observance des regles saintes & de l'ancienne discipline.

Semblable à Pseaume par sa naissance, Joly (22) fut illustre comme lui par sa seule

---

Décrets du Concile de Trente, depuis 1561, jusqu'en 1562. De plus, un Journal de ce Concile publié par Dom Hugo. Il occupa le Siége épiscopal depuis 1548, jusqu'en 1575.

(22) Claude Joly, né à Buzy, Village du Diocèse de Verdun, fut d'abord Curé de Saint Nicolas-des-Champs à Paris, puis Evêque de Saint Paul-de-Léon, enfin de la Ville d'Agen. Il mourut en 1678, âgé de 68 ans. Ce fut son mérite & ses talens pour la chaire, qui le porterent sur ces différens siéges.

Paſtorale pedum ſumpſit, nec ferre labores
Abnuit, incumbens ut cuſtos fidus ovili.
Reſpuit eloquii fucatos ille colores;
Nativoque fluit facundia dulcis ab ore,
Imbutum verò cœleſti nectare pectus,
Ars fuit huic omnis, ſecuraque norma loquendi.
  Omen candoris qui (23) præfert ore modeſto
Lætitiam primo maturos flore juventæ,
Ediderat fructus pietatis, moxque magiſter
Factus, damna reſarcivit quæ fecerat olim
Degenerum ſanctis placitis incuria fratrum?
Verbis, exempliſque ſuis, virtutis avitæ
Immemores illos revocans ad juſſa paterna,
Reddidit & ſanctos ſanctis à patribus ortos.
  Priſca licèt fuerit florens virtutibus ætas
Et plures (24) tulerit quos non contagia ſæcli
Fœdàrint; terreſtria contempſiſſe beati!
Non tamen antiquata fides, pietaſque per annos,
Teſtes quos radiis ſuperûm ſplendere videtis.

Si ſes ſermons n'ont point toute la force & l'éloquence qu'on remarque dans ceux de Bourdaloue & de Maſſillon, on y trouve le ſtile ſimple & onctueux des Apôtres, & ils ſe font lire avec édification.

(23). C'eſt Dom Didier de la Cour qu'on a voulu peindre en cet endroit; il étoit né à Monzéville en 1550; il embraſſa la vie monaſtique à Saint Vannes, & il y rétablit, ainſi que dans toute ſa Congrégation, la premiere ferveur des Cénobites de Saint Benoît. Il mourut en odeur de ſainteté en 1623.

(24). On a voulu déſigner ici Saint Pulchrone & Saint Paul, tous deux Evêques de Verdun, & le Saint Abbé Godon qui en étoit natif, tous recommandables par leur charité pour les pauvres, & par leur détachement des biens de la terre.

vertu. Appellé malgré lui à l'Episcopat, il en accepta les honneurs en tremblant; il n'en aima que les travaux. Gardien fidele de son troupeau, il lui sacrifia tous ses jours, il instruisoit en Apôtre, il dédaigna toujours les faux brillans des discours apprêtés, une douce éloquence couloit de ses lévres, & sa bouche rendoit naturellement les divines vérités dont son cœur étoit pénétré; c'étoit là tout son art & sa seule regle qui ne le trompa jamais.

Celui (23) qui est après, dont le visage respire la joie & la modestie, garants d'une belle ame, c'est un Religieux Vénérable; consommé dans la piété & la vertu dès la fleur de sa jeunesse, il ne fut pas plutôt en place, qu'il rétablit les brêches faites à son Ordre par le relâchement de ses freres dégénérés depuis long-temps. Il les rappella par ses discours, & plus encore par ses exemples, à la regle dont ils ne conservoient pas même le souvenir; & l'on vit sous ce Chef, revivre dans les enfans, la sainteté qu'on avoit admirée dans leurs Peres.

Quoique le premier âge ait été plus riche & plus florissant en vertu que le nôtre, quoiqu'on ait vu des hommes (24) qui n'ont pu être séduits par la contagion du siécle, & qui ont été assez heureux pour fouler aux pieds toutes les choses de la terre, la foi & la piété n'ont pourtant point vieilli avec les années. J'en appelle à témoin ces hommes remarquables par les rayons de lumiere dont leurs têtes sont environnées.

Cui divinus amor sincerum afflavit honorem
Thomassinus (25) adest, virtutum quem chorus omnis
Stipat; egenorumque cohors quos semper amavit:
Non ratus ille suas quas Templi è fonte sacrato
Sanctas hausit opes, pauper dùm sicca necatus
Membra fame, lacrymis pro frugibus ora rigaret;
Aut miser ingemeret tectis sub tristibus exul.
Assiduus Domino persolvere pignora laudum
Moribus angelicis patrio prælusit Olympo.
Sint quibus hoc unum sit opus conquirere laudes
Per medias acies, juvet hunc prætexere fronti
Undique decerptas lauros, est tuta latenti
Virtuti merces, licèt hanc non fama sequatur
Splendida; cana fides, probitas & major utrâque
Effusa in cunctos bonitas in corde paterno,
Huic (26) immortalem capiti dant ferre coronam.
Cur hominum delerentur benefacta per annos?
Illa Deo similes miseranti nos propè reddunt.

(25). On se ressouvient encore ici d'avoir vu Pierre Thomassin, Chanoine de la Cathédrale, qui, pendant une très-longue vie, donna l'exemple de la piété la plus éclatante, & de la charité la plus étendue. Ce saint Prêtre ne connoissoit que deux occupations, celle d'aller à l'Eglise, & celle de chercher des malhéureux pour les soulager & les instruire. Il mourut en 1733 regretté des pauvres & de tous les gens de bien, à l'âge de soixante-six ans.

(26). Ce n'est qu'en tremblant que je vais nommer celui que j'ai voulu peindre ici; c'est M. Mathelin, Chanoine de la Cathédrale, mon oncle; mais ceux qui l'ont connu pardonneront aisément à un neveu d'avoir fait l'éloge d'un homme respectable. Il mena une vie fort retirée; mais tous ses jours furent marqués par des bienfaits que sa modestie déroboit au grand jour. Pour vivre dans la mémoire des hommes, faut-il donc être héros, noble ou auteur célèbre? L'homme bienfaisant n'auroit-il aucun droit sur notre reconnoissance.

Le premier (25) paroît encore tout brûlant des feux de l'amour divin, les vertus en chœur l'accompagnent, la charité à la tête. C'est un saint Prêtre : Thomassin. Elles brillent toutes en lui de l'éclat le plus pur, il fut le consolateur & le pere des pauvres ; les biens qu'il tiroit du sanctuaire, il ne les croyoit plus à lui dès que des infortunés dévorés de la faim, n'avoient sous ses yeux pour nourriture que leurs larmes, ou que de tristes gémissemens venoit lui décéler ces malheureux que la honte retient comme en éxil sous la chaume qui les couvre. Qu'il s'acquitta fidélement envers le Seigneur du tribut des louanges que son cœur lui avoit voué ! Il est pur comme les Anges, sur la terre il est déja un habitant du Ciel.

Que les uns cherchent à acquérir de la gloire au milieu des combats ; que d'autres s'efforcent de ceindre leurs têtes avec les lauriers dus à ceux qui excellent dans les beaux arts & dans les sciences, la vertu modeste & cachée trouve aussi sa récompense, quoique la renommée se taise souvent sur ses mérites : une foi digne des premiers siécles, une probité à toute épreuve, une bonté plus grande encore, parce qu'elle étoit sans borne, & qu'elle faisoit le fond du caractere de cet homme (26) respectable, lui ont mérité la couronne qu'il porte sur la tête. En effet, pourquoi le nom de l'homme bienfaisant seroit-il enseveli dans l'oubli ? C'est par la bienfaisance que nous approchons plus près de la divinité.

Quem (27) numerosa cohors lætè comitatur euntem
Hic licèt antiquâ serie splendescat avorum,
Non tamen erubuit titulis insignibus ortûs
Immiscere piè venerandum dulceque nomen
Patris egenorum, nam si languentia morbus
Corpora discruciat miseris, assurgere jussit
Ædes ille salutiferas, ubi febris & atra
Quæque lues pelli manibus cernuntur amicis,
Et non deseruit moriens quos vivus amavit,
Hæredes illos generosè ex asse (28) relinquens.

Tùm Mosa prospiciens Aymardum (29) constitit, atque
Ter conata loqui, ter hiantem lingua fefellit,
Multaque de querulo suspiria pectore duxit:
Heu! clamat tandem vix mœstos ore trementi
Depromens modulos, crudeles ergo sorores

(27). Hyppolite de Bethune, fils du Comte de Bethune, fut nommé à l'Evêché de Verdun en 1681. C'étoit un Prélat recommandable par la gravité de ses mœurs, & dont la mémoire doit être chere aux Verdunois, à cause de la fondation d'un Hôpital aussi utile que celui de Saint Hyppolite. Je lui donne ici un nombreux cortége, parce qu'effectivement il ne fut point le seul fondateur de l'Hôpital Saint Hyppolite. Mrs. Payen, Bricard, de Viellene, de Malassagne & Cabillot, Chanoines de la Cathédrale, en formerent le projet & en dresserent le plan conjointement avec M. de Bethune, (ce plan est daté du 16 Mai 1716) & ils y contribuerent tous de leurs deniers. On pourroit joindre aussi à ces pieux fondateurs, M. Duperon, autre Chanoine de la Cathédrale, qui avoit été Curé d'Yppecourt. Il fut le premier fondateur des Sœurs de la Charité en cette Ville; ce fut en 1693 qu'il en établit deux ici pour le soulagement des pauvres. Il fut imité par d'autres personnes pieuses, qui ajouterent à cette fondation assez de bien pour entretenir jusqu'à six Sœurs de la Charité, & pour fournir des remédes aux pauvres. M. Duperon ne voulut point qu'on mît d'autre épitaphe sur sa tombe que celle-ci : *Mementote pauperis Duperon : Souvenez-vous du pauvre Duperon.*

Celui (27) que vous voyez suivi d'une troupe qui paroit réjouie de sa présence, c'est ce Pontife qui, issu de la race la plus ancienne & la plus illustrée, crut ajouter à la gloire de ses ancêtres, en joignant aux titres dont ils étoient décorés, le nom de pere des pauvres; il leur ménagea de loin des secours dans ces jours d'infirmité si cruels pour eux; il éleva cet asile de miséricorde, où des mains charitables apportent encore chaque jour sous nos yeux les plus prompts remédes à tous leurs maux; les aima en mourant, comme il les avoit aimé pendant sa vie, ils furent ses seuls héritiers (28).

La Meuse en ce moment jettant les yeux sur Aymard (29), s'arrêta: trois fois elle s'efforce de parler, & trois fois la parole expire sur sa bouche entr'ouverte: mille soupirs agitent sa poitrine où sa douleur se fait entendre: hélas! s'écrie-t'elle enfin quand sa foible & tremblante voix commence à s'échapper à travers ses sanglots, hélas! les Parques cruelles ont donc tranché le fil de

---

(28). Les Romains appelloient *relinquere hæredem ex asse*, ce que nous entendons par *faire un légataire universel*, l'as chez eux étoit un tout solide, *solidum*, divisible en parties aliquotes, & ils se servoient de ce terme dans le même sens que nous nous servons de celui de *bien*. *Facere hæredem ex asse*, étoit donc *faire un héritier de tout son bien*.

(29). Nous avons tous vu le Prélat qui excite ici les regrets de la Meuse; ses bienfaits & sa mémoire sont gravés dans nos cœurs: & nous aurions été inconsolables de sa perte, s'il n'eût été remplacé par un Successeur aussi bienfaisant que lui. Aymard - Chrétien - François - Michel de Nicolay monta sur le Siége épiscopal de cette Ville en 1754, & mourut en 1769. On trouvera à la fin de ce Poëme, son épitaphe avec la traduction de M. l'Abbé de Souville.

Stamina ruperunt vitæ quæ debuit esse
Pro meritis æterna tuis; nil pectus amœnum,
Nil te juvit honos frontis, cui nescia fuci
Virtus, majestasque inerant; nil juvit acumen
Præstans ingenii, promptum penetrare recessus
Quoslibet arcanos doctrinæ, abstrusaque rerum,
Denique nil mirâ tincti dulcedine mores;
Hæc autem stravit rapidâ mors omnia falce;
Dilectum nomen repetunt nunc littora nostra,
Æternum repetent monumenta hæc quæ decus ædis
Sacræ munificam mentem testantur in ævum.
At si forsan edax consumat marmora tempus
Cordibus exarata imis benefacta vigebunt:
Ipsa suis manibus meritum benè jure locavit
Urbis amatorem medio te Gloria templo.
  Sic Mosa tristitiam solans; tum Gloria rursùs:
Visitur hîc omnis quâvis præpolleat arte.
Hi gemini (30) fratres, similes in fronte coronas
Qui gestant; primus grandes inducere formas
Fornice sub vasto laqueari humente sciebat,
Insidias faciens oculis, umbrasque peritè
Et lucem sociando, gradusque dolosque colorum:

(30). Les deux freres dont il est ici question, sont Mrs. Christophe, connus par leurs talens dans la Peinture; l'ainé nommé Joseph, étoit né à Verdun en 1664: il fut un des plus habiles éléves de Bologne l'ainé. Le dôme des Dames de la Congrégation de cette Ville, sera un monument éternel de son habileté dans l'art de peindre à fresque. Claude, cadet de Joseph, étoit né en 1667; il excelloit dans le portrait: il mourut à Nancy en 1746. Son ainé ne mourut qu'en 1748: c'est lui dont le portrait a été placé par nos Magistrats dans une des salles de l'Hôtel commun de cette Ville, à côté de celui de M. Beauzée.

ces jours qui devoient être éternels ! Quoi ! la bonté de ton cœur, ce front, siége de la candeur, la vertu qui s'unit en toi à la majesté, cet esprit aussi pénétrant que sublime qui t'ouvroit le sanctuaire des sciences, pour qui la nature & les arts n'avoient pas de secret, enfin l'admirable douceur de ton caractere & de tes mœurs, tout cela ne t'a donc servi de rien? tout cela est donc devenu la proie de la perfide mort? Mais mes bords retentissent de tes louanges, & les monumens érigés dans le Temple saint les annonceront, ainsi que tes bienfaits, aux générations les plus éloignées; & si le temps qui dévore tout, consume aussi les marbres qui doivent les transmettre à nos neveux, tes bienfaits gravés profondement dans tous les cœurs ne s'en effaceront jamais. La gloire t'a placé au milieu de son Temple; elle devoit cette distinction à l'ami, au pere de la patrie.

C'est ainsi que la Meuse parloit, & l'éloge qu'elle fit du Prélat sembla soulager sa douleur: alors la gloire reprit ainsi la suite de son discours.

Le mérite en tout genre reçoit ici des honneurs. Ces Peintres, dont les couronnes se ressemblent, sont deux freres (30): l'un peint à fresque; les traits à peine ébauchés de ces figures gigantesques, jettés comme au hasard sur des voutes élevées, se réunissent admirablement en point de vue par la dégradation des couleurs & par le ménagement magique des ombres & de la lumiere; l'œil ne peut être trompé plus agréablement. L'autre est pour le portrait.

Aſt alius vivos ad verum effingere vultus
Doctus erat, telisque homines ſpirare jubebat.
Quem (31) medium cingit miratrix turba ſilendo
Auribus arrectis; ſolers miſcere canoras
Cum fidibus voces, antiquo doctior Orpheo,
Illecebras cunctis jucundas auribus addens:
Ad nutum, varii diſcors concordia cantûs
Motus deliciis plenos in corde ciebat.
Hiſtoriæ ſpiſſo grandique volumine notus
Hic tuus eſt cunctis, Moſa, Vaſſeburgius (32) oris
Credulitate puer ſcribens annalia regum
Priſcorum, laudo denti quod multa voraci
Temporis eripuit: comes en Ruſſelius (33) adſtat.
Serpit ei ſermo languens; ſi ſint in utroque
Plurima quæ juſtus vellet diſpungere judex,

---

(31). Henri Madin naquit à Verdun de parens très-pauvres, il fut Enfant-de-Chœur à la Cathédrale, & en 1726, il ſuccéda à M. L'homme, en qualité de Maître de Muſique. En 1730, il quitta cette Maîtriſe, & il alla perfectionner ſes talens dans différentes Cathédrales du Royaume, juſqu'à ce qu'il parvint à être Maître de Muſique de quartier chez le Roi. Il s'eſt rendu célébre par la beauté de ſa mélodie & la gaieté de ſon chant, qu'il a ſçu allier avec toute la force de l'harmonie. On ſait que la mélodie donne le goût à la muſique, & que l'harmonie lui communique cette énergie touchante qui enleve l'ame comme hors d'elle même.

(32). Richard Vaſſebourg, Archidiacre de l'Egliſe de Verdun, eſt connu de tous les Verdunois par ſon livre des antiquités de la Gaule Belgique, où il a inſéré l'hiſtoire de la Ville & des Evêques de Verdun. La crédulité de l'Auteur ſur l'origine des François & ſur les Rois de la premiere race dépare cet ouvrage, qui d'ailleurs eſt recherché des curieux, parce que Vaſſebourg nous y a conſervé la mémoire de quantité de faits & pluſieurs piéces importantes qui ſans lui ſeroient tombés dans l'oubli.

Quelle force! Quel coloris! La toile respire & s'anime sous son pinceau nerveux.

Au milieu de ce peuple nombreux, qui paroit écouter dans un silence d'admiration, c'est l'Orphée (31) de nos jours : mieux que ce Chantre célébre, il sçut marier les accens des voix au son des instrumens; une divine harmonie résulte de leurs accords, toujours justes & mélodieux, malgré le nombre & la différence des parties, les oreilles enchantées renvoyent à l'ame les plus vives & les plus délicieuses sensations.

Vassebourg (32) né sur vos bords, ô Meuse! y est aussi célébre par son histoire dont vous voyez le gros volume. Il est à la vérité d'une crédulité d'enfant dans les annales de nos premiers Rois; mais il a sauvé du naufrage des temps plusieurs faits intéressans, il est digne par-là de nos éloges. Roussel (33) qui l'a imité, en mérite aussi, quoique son stile manque un peu de dignité : tous deux ont des endroits qui ne soutiendroient pas les regards d'un critique

(33). M. Roussel, Chanoine de la Collegiale de Sainte Marie-Madelaine, tâcha de mieux faire que Vassebourg, de corriger & de suppléer ce qu'il avoit omis; mais quoiqu'il ne soit point si crédule que cet ancien historien, il s'en faut bien qu'il ait réussi au gré des connoisseurs; outre le stile sec & décharné de son histoire, on l'accuse d'avoir négligé de parcourir des manuscrits & des monumens où il auroit pû puiser des connoissances plus curieuses & plus étendues, ses efforts sont néanmoins louables, & on doit lui savoir gré de quelques-unes de ses recherches; d'ailleurs il a relevé différentes fautes de Vassebourg & de quelques-uns de nos anciens Chroniqueurs.

Plurima sunt, veniens cupiet quæ noscere sæclum.

Anteit hos ærumnarum Bertharius (34) olim
Quas Urbs passa fuit testis, par ille fuisset
Ingenuus scriptor tantas reparare ruinas
Ni ferè cuncta furens ignis monumenta vorasset.
– Desinite, ô cives, lauros meruisse pudendas
Cùm scriptis cœlum petitis, calamoque nocenti.
Asserit hic (35) sanctæ fidei sua jura, docetque
Esse Dei sacras leges, quas frangere nulla
Vis valeat, fraudesque hominum, & malè credulus error,
Et posuit fines quos si contingere verum
Velis, ne temerè transvertas [illegible].

Ille (36) autem ramos gestans felicis olivæ

---

(34). Berthaire, Prêtre de l'Eglise de Verdun, fut l'éléve de Berard, qui devint ensuite Evêque de cette Eglise. La Cathédrale ayant été incendiée sous Dadon en 915, presque tous les anciens titres & les monumens les plus précieux de cette Ville furent enveloppés dans cet incendie. Berthaire tâcha de réparer cette perte en mettant par écrit tout ce qu'il avoit lu & ce qu'il avoit retenu de l'histoire de Verdun. S'il n'a pas réparé tout le mal qu'avoit causé ce funeste embrasement, c'est que les monumens lui manquerent; car on remarque dans sa Chronique un goût pour le vrai, malgré quelques fables qui la déparent. Dom Cajot donna en 1775, une traduction de cette Chronique dans son Almanach historique de Verdun.

(35). Ignace Laubrussel, né à Verdun en 1663, prit l'habit fort jeune dans la société des Jésuites, son mérite fit qu'on lui confia l'éducation du Prince des Asturies. Depuis il composa plusieurs ouvrages en françois, dont le plus connu est un traité de l'Abus de la critique en matiere de religion, où il donne des régles pour ne pas abuser de cette science. Je sais que les Auteurs du nouveau dictionnaire historique, imprimé en six volumes à Paris en 1772, témoignent beaucoup de mépris pour cet ouvrage; mais je crois que c'est à tort, & que leur critique est outrée. Le Pere Laubrussel, à

éclairé; mais ils ont conservé beaucoup de faits précieux pour la postérité.

Berthaire (34) les avoit précédés : il avoit été le témoin des tristes révolutions arrivées dans cette Ville, il étoit à portée de rétablir nos annales : on voit qu'il aime le vrai, & il avoit le talent de l'histoire; mais les flammes avoient dévoré presque tous les monumens qu'il auroit pû consulter.

O François! cessez d'aspirer à des lauriers flétrissans, dont on ne se couronne qu'en attaquant le ciel par des écrits impies & scandaleux. Laubrussel (35) vous enseigna à respecter les droits de la religion, il vous fit souvenir que la loi de Dieu est sainte & inviolable, & que tous les vains efforts des hommes, leurs artifices sacriléges, leurs erreurs pitoyables ne peuvent y porter la moindre atteinte. Il fit même plus; car dans son livre de l'Abus de la critique, il posa des bornes qu'un savant téméraire ne peut franchir sans renoncer à la connoissance de la vérité.

Celui (36) qui tient à la main une branche

---

la vérité, est quelquefois un peu trop concis dans ses réponses; d'autrefois il confond mal-à-propos le critique téméraire, audacieux, impie, avec le savant exact qui ne veut admettre que le vrai; mais en général ses réponses sont solides, ses réfléxions capables d'en imposer à ceux dont il releve les erreurs, & ce traité de l'Abus de la critique, peut produire le bien, quoique sous la plume de Bossuet & de Nicole, il eût sans contredit été mieux fait.

(36). Jean-François Gerbillon, naquit en 1634, d'une an-

Rivales inter populos firmissima sanxit
Fœdera, prudenter statuens commercia tuta
Intentata priùs, geminumque beantia regnum:
Inter tot proceres duplici de gente profectos
Considens medius pacis fuit arbiter unus.

Nestoreos, venerande senex (37), cui neverat annos
Parca lubens, nostris quàm te penetralibus ultrò
Vidimus inductum, meritò hìc tibi debita sedes;
Dexter eras pariter nodos dissolvere litis
Difficiles, pariterque oracula pandere legum
Lucidus interpres, causas acuendo peritè
Quas tricis centum, densisque ambagibus error
Implicat, aut odium, rabiésque effrenis habendi.

---

cienne famille de Verdun, qui ne subsiste plus que par les femmes. Il entra chez les Jésuites en 1670, & fut envoyé à la Chine en 1685, en qualité de Missionnaire. Son habileté dans les Mathématiques lui gagna la confiance de l'Empereur de la Chine; il en faisoit tant de cas, qu'en 1689, il l'envoya à Nerzinskoi en qualité de Plénipoténtiaire, pour régler les limites entre l'Empire de la Chine & celui de Russie. Le Père Gerbillon signa effectivement un traité d'alliance perpétuelle entre les deux Empires, & il régla les conditions du commerce que les Russes devoient faire avec la Chine. En vain les années précédentes, les Ambassadeurs de ces deux vastes Empires avoient voulu surmonter les difficultés qui s'étoient rencontrées dans ce traité, il fallut qu'un Jésuite parti de Verdun, fût amené à la Chine par mille circonstances différentes, pour accorder les deux plus grands Empires du monde.

(37). La plûpart d'entre nous ont connu M. Rouyer, le Nestor de cette Ville. Il étoit né le 26 Août 1668, & il mourut âgé de 94 ans le 13 Août 1762. Il étoit fils de François Rouyer, Avocat à Bar, & d'Elisabeth Garaudé. Il acheta en 1726, la charge d'Avocat général du Parlement de Metz, & il l'exerça pendant vingt-cinq ans avec la plus grande

d'olivier

d'olivier & qui annonce la paix, c'est cet heureux Négociateur qui réunit par une alliance la mieux cimentée deux peuples rivaux depuis long-temps : il lia par un commerce qui n'a plus été interrompu depuis, deux grands Empires où il a ramené l'abondance & le bonheur ; assis comme Juge entre les Plenipotentiaires des deux Souverains, il régla lui seul les conditions de la paix.

O Vieillard [37] vénérable, pour qui les Parques ont pris plaisir de filer les jours les plus longs & les plus heureux, avec quelle satisfaction je vous ai vu prendre dans ce Temple la place due à votre mérite ! Que vous saviez bien dégager la vérité des nœuds multipliés de la chicane ! Vous déterminiez avec tant de vérité & de précision le véritable sens de la loi, vous mettiez les causes sous un point de vue si clair & si net, que toujours le bon droit triomphoit : toujours la vérité perçoit à travers les épaisses ténébres de la fraude, & de l'erreur, & des illusions de la haine, & de l'insatiable cupidité.

---

distinction. Ceux qui ont connu ce respectable Magistrat savent quelle aménité il avoit dans le caractere, & quelle étoit la solidité de son esprit. On étoit si persuadé de son intégrité & de l'étendue de ses lumieres, qu'après avoir quitté la charge d'Avocat général, il devint l'oracle de tout le pays, & on le consultoit dans les affaires les plus épineuses & les plus difficiles. Mais deux choses sur-tout feront un honneur éternel à sa mémoire : 1°. La pension que le Duc d'Orléans Régent lui accorda en considération de ses services : 2°. Les larmes que M. de Nicolay, ce Prélat respectable, répandit sur son tombeau. Il voulut même faire son éloge funébre ; on le trouvera à la fin de ce Poëme.

Consiliisque sagax junxisti fœdere certo,
Et generos soceris, & fratres fratribus, olim
Quos inter veteres civit discordia motus.
Fecerat incanos crines, incanaque menta,
Sulcaratque rugis frontem grandæva senectus;
Comis at urbanus semper, pariterque benignus,
Et tibi mens eadem semper, nec labilis annis:
Quàm citò ab antiquis exempla recondita sæclis
Promebas! Instar librorum mille fuisti.
At tibi cur placuit non grata modestia nobis?
Nam quot opes doctas, & quot præclara reperta,
Quæ sint venturis monstranda volumina sæclis,
Scrinia, sub densæ condunt caligine noctis?

Dùm tenet alloquiis arrectam Gloria mentem,
Respicio, feriunt confestim lumina plures
Nostra viri, quorum vultus & nomina nosco.
Jam prior (38) occubuit morti; sed fama vigebit
Nomen & illius cælatum in marmore duro.
Ille situ putres chartas, monumentaque prisca,
Huc illuc disjecta, locavit in ordine pulchro,

---

(38). M. Guedon, Chanoine de la Cathédrale de Verdun. Il a travaillé pendant quarante ans à mettre en ordre les archives de son Eglise. Il avoit un goût décidé & une intelligence singuliere pour cette sorte de travail. Tant qu'il vécut, il fut le plus zélé & le plus savant rubricaire du Diocèse. Il a composé différens mémoires qui servent à éclaircir plusieurs points de l'histoire de Verdun, & sur-tout un fort curieux sur l'expédition des Huguenots en 1562, sa modestie égaloit son mérite; il voulut être enterré à la porte de la bibliothéque du Chapitre où il avoit passé la plus grande partie de sa vie. Il mourut en 1759, âgé de soixante-onze ans. Le Chapitre, en reconnoissance des services qu'il lui a rendus, lui a fait

O combien de fois vous avez rétabli une paix solide entre des parens & des freres que de cruelles haines divisoient depuis long-temps ! Aucun moyen de conciliation n'échappoit à votre sagacité.

Le temps avoit blanchi votre tête & votre visage ; vos nombreuses années étoient écrites sur votre front : l'honnêteté, la douceur, l'affabilité s'y montroient encore comme dans le bel âge. Votre esprit ne vieillit jamais, il se montra toujours le même ; tous les livres étoient dans votre mémoire, & on étoit dans l'admiration de vous entendre citer sur le champ les traits les moins connus des siécles les plus reculés. Ah ! que n'avez-vous été moins modeste ? Vous n'auriez pas dérobé à la postérité tant de curieuses & importantes recherches qui auroient pu un jour l'éclaircir, & que vous avez condamné à des ténébres éternelles dans le secret du cabinet.

Tandis que mes oreilles étoient attentives aux discours de la Gloire, plusieurs hommes respectables, tous citoyens, tous de ma connoissance, s'offrirent à mes yeux.

Le premier est mort depuis quelque tems, mais sa réputation lui survit. Le marbre la fera passer avec son nom d'âge en âge. Personne ne fut

dresser un monument ; c'est une épitaphe où M. de Léclule, Théologal & Archidiacre de la Cathédrale, qui l'a composée, a rassemblé tout ce qui pouvoit former l'éloge d'un homme modeste & laborieux. On sait que la plume de ce pieux & savant Archidiacre se prête à tous les genres d'éloquence.

Vermibus eripiens magno discrimine vitæ.
Ritibus ipse etiam sacris decus addidit ingens,
Tanto pro Domini Templis ardebat amore.
Vidimus hunc alium (39) patrio regnare senatu,
Altarum solidè tractantem pondera rerum.
Gratia vernabat labiis, par gratia morum
Ornabat totum, sine fuco pectoris hospes
Virtus, cana fides priscis dignissima sæclis;
Hauserat hos ab avis sanctos cum sanguine mores,
Stirps antiqua virûm patrio flagrabat amore.
Inter honoratos quàm te, Balzæc (40), lubenter
Conspicio Cives! grato te nostra salutat
Urbs omnis plausu, vel colles lenè frementi
Responsant sonitu, cùm te vidêre sedentem
Inter Apollineos homines, quos Gallia jure
Esse suæ voluit præclara oracula linguæ:
O te felicem, quandò celeberrimus ordo
Scandere verborum tribuit sublime Tribunal!
Non tamen immeritum, nec enim torpente veterno,

(39). On a esquissé ici Portrait de M. Jacques de Watronville, cet aimable citoyen, ce respectable Magistrat; ceux qui l'ont connu verront qu'on ne l'a point flatté. Peut-être me reprocheront-ils de n'avoir répandu que quelques fleurs, là où il eût fallu les jetter à pleines mains. Cet homme qui devoit être immortel nous fut enlevé le 13 Septembre 1767, âgé seulement de - - -

(40). M. Beautée, né à Verdun en 1717, fut reçu à l'Académie françoise en 1772. On pourroit s'étendre davantage sur son éloge, mais il vit encore; d'ailleurs l'accueil qu'on a fait dans toute l'Europe à sa Grammaire générale, suffit à sa gloire & doit fermer la bouche aux jaloux.

plus ardent que lui pour la gloire & les intérêts du saint Temple, il releva par ses soins la pompe de ses augustes cérémonies, & au péril de sa propre vie il tira de la poussiere les monumens qui pouvoient lui servir, les rassembla tous, & par le bel ordre qu'il y mit, il en facilita l'usage, & en assura la conservation.

L'autre [39] fut un de ces bons patriotes connus de tout temps par leur zéle pour le bien & l'honneur de cette Ville. On l'a vu plusieurs fois présider parmi ses Citoyens; & avec quelle dignité & quelle intelligence il soutenoit le poids & l'embarras de l'administration publique! La noblesse étoit sur son visage unie aux graces & à l'affabilité, la décence étoit dans ses mœurs, sur ses lévres la douce persuasion, dans son cœur la vertu sincere, & la bonne franchise du vieux temps. Il tenoit de ses ancêtres toutes ces heureuses qualités qui coulent avec le sang dans cette famille.

Que je vous vois avec plaisir, Beauzée [40], tenir ici place parmi les Citoyens distingués! Toute la Ville en joie vous rendit hommage, tous les échos d'alentour répéterent ses sinceres applaudissemens quand elle vous vit assis parmi ces divins Litterateurs, que la France reconnoît à juste titre pour les oracles de sa langue. Quel bonheur pour vous, que cette illustre Académie vous ait fait monter sur ce Tribunal auguste où elle prononce sur les beautés du langage! Vous n'avez pas attendu cette faveur dans le repos,

At lauros ſudoribus atque labore paraſti,
Nam tibi conceſſum tutò penetralia noſſe
Artis adhuc nobis impervia, velaque denſa
Tollere quæ nobis occulta elementa tegebant
Linguarum; primâ reſerans ab origine verum:
Omnes ad linguas aditus, quò planior eſſet
Qui priùs ut ſquallens horrebat ſentibus arvum.
Hæc dùm proſpectare licet, perque omnia curſim
Circumferre oculos querulus ferit æthera clamor;
Antè fores Templi (nec enim fas longiùs ire)
Stabat purpurei qui (41) quondam culmen honoris
Attigit, at laniata tegit nunc turpiter illum
Infula, nunc crines horreſcunt, ora rigantur
Fletibus, atque ſupercilio vir protegit atro
Perfidiam, liventque genæ, de pectore voces
Singultuſque trahens, fidenter Templa ſubire

(41). Jean Baluē, fils d'un Tailleur, étoit un homme qui, à un eſprit délié & artificieux, joignoit la hardieſſe & l'effronterie qu'il faut pour l'intrigue. Il fut d'abord attaché à Jean Juvenal des Urſins, Evêque de Poitiers, puis préſenté à Louis XI par Jean de Melun, Favori de ce Prince, qui lui donna ſucceſſivement la charge d'Aumônier, la place d'Intendant des finances, puis le fit Evêque d'Evreux en 1465. Paul V. l'honora de la pourpre, pour le récompenſer d'avoir contribué à l'abolition de la pragmatique ſanction. Ingrat envers le Prince ſon bienſaiteur, il intrigua contre lui avec les Ducs de Berry & de Bourgogne. Ses menées furent découvertes, & il fut mis en priſon où il reſta onze ans. Ayant obtenu ſa liberté en 1480, il alla à Rome d'où Sixte IV le renvoya depuis en qualité de Légat à *Latere* en France, où il n'eût dû jamais ſe préſenter. Ce qu'il y a de plus ſingulier, c'eſt que dans la ligue qui fut formée par les Princes contre Louis XI, ce fut Guillaume de Haraucourt, Evêque de Verdun, & Jean Baluē natif de Verdun, qui figurerent le plus; auſſi en coûta-

& l'indolence; les lauriers dont elle vous couronne sont le fruit de vos sueurs & de vos travaux; félicitez-vous donc, cette distinction vous est due; félicitez-vous d'avoir parcouru en sûreté le sanctuaire des langues impénétrable jusqu'à vous, d'avoir levé le voile qui nous déroboit les mysteres que vous avez exposés au grand jour, en remontant jusqu'à leur origine & leurs premiers élémens, de nous avoir enfin ouvert, pour y parvenir, un chemin facile où nous ne rencontrions à chaque pas que des ronces & des épines.

Pendant que je jouis d'un si noble spectacle, & que mes yeux se promenent d'objets en objets, les airs retentissent d'un cri lamentable. A la porte du Temple (car il étoit défendu d'aller plus loin) à la porte du Temple étoit un homme (41) qu'on avoit vu autrefois au faîte des honneurs du sanctuaire. Mais dans quel état on le voit dans ce moment! Les marques de décoration qui brilloient autrefois sur sa tête n'annoncent plus que l'ignominie, ses cheveux sont hérissés, son visage est arrosé de larmes, ses noirs & sombres sourcils décélent la perfidie cachée dans son cœur, ses joues sont livides, & mille soupirs, mille sanglots annoncent sa profonde douleur : il a pourtant l'audace de se présenter au Temple, & il demande avec instance

t'il quinze ans de prison à l'Evêque, & onze, comme je l'ai dit, au Cardinal, qui mourut en 1491, Evêque de Preneste où Innocent VIII l'avoit placé.

Audacterque rogat; rigido autem Gloria vultu,
I procul hinc, dixit, nostros ne pollue postes;
Nulli fas sanctum scelerato tangere limen:
Non quisquam sceptro fulgens, vel honoribus auctus,
Huc intrat: soli subeunt penetralia nostra,
Qui meruere suis famam virtutibus olim
Insignem, aut doctas magnum quicumque per artes
Quæsivere sibi nomen; tu grandia jactas
Purpurei nobis hæc ornamenta senatûs:
Sed turpes maculas famæ, probrumque perenne
Injecere doli, fraudes, artesque malignæ.
Ingemit hic gravibus dictis, tristique repulsâ.
Tùm fugit attonito dulcis de pectore somnus,
Qui me tantarum recreârat imagine rerum.
Tu (42) mihi primus amor, primævo flore juventæ,
Quocum Pieriis admovi fontibus ora,
Perge duces inter memorandos quærere nomen,
Et ne desistas studiis clarescere belli:
Nam, benè commemini, promisit Gloria lauros,
Æternumque decus tibi, cùm Kevertius alter,
Messueris claras dubia inter prælia palmas.

---

(42) Ces vers s'adressent à M. Hallot, Major du Régiment de Monsieur, & mon ancien condisciple.

d'y entrer : mais la Gloire prenant un visage sévére : Fuis loin d'ici, lui crie-t'elle, ne profane point mon sanctuaire, il n'est permis à aucun scélérat d'approcher de ces portes sacrées. Ce ne sont pas les titres & les vaines marques d'honneur qui donnent le droit d'y entrer ; il faut, pour y être admis, s'être fait une réputation par des vertus ou s'être rendu célébre dans les sciènces & les arts. Tu te vantes en vain devant moi d'être décoré de la pourpre ; tu en as honteusement terni l'éclat ; tu la deshonoras par tes infamies, tes trahisons, ta fourberie & tes coupables artifices. A ces sanglans reproches, à ces rebuts humilians, il gémit accablé & confus.

A ces cris le doux sommeil, qui m'avoit amusé par des images si agréables, s'enfuit de mes yeux.

O vous, le premier objet de mon cœur ; aimable compagnon de ma premiere jeunesse, avec qui j'approchai pour la premiere fois mes lévres timides de la fontaine sacrée des neuf Sœurs, suivez votre noble ambition, faites-vous un nom parmi les grands Capitaines, continuez à vous rendre célébre dans l'art de la guerre, devenez un Chevert, comme lui distinguez-vous dans les périls & dans les combats, la Gloire vous en répond, je suis son garand ; elle vous a promis, je m'en souviens, ses honneurs & ses lauriers.

LE TEMPLE
DE LA GLOIRE,
TRADUCTION LIBRE
EN VERS FRANÇOIS,

Par M. PONS, l'ainé, de Verdun.

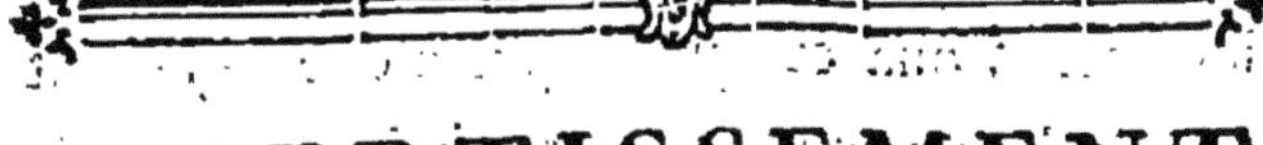

AVERTISSEMENT
DU TRADUCTEUR.

LE Lecteur ne doit pas s'attendre à trouver dans cet essai une exactitude scrupuleuse. La supériorité de la langue Latine sur la nôtre en est la cause : quiconque sait cette langue, sentira qu'une traduction littéralle est au-dessus de mes forces, parce qu'elle demande de grands talens. Je me suis donc permis certains changemens dans les détails, j'ai cru devoir retrancher ce qui ne pouvoit pas se rendre en françois d'une maniere assez poëtique, j'ai même ajouté quelques traits à ceux de mon original : du reste le plan est demeuré le même, & j'ai tâché de conserver les idées principales en me servant de phrases équivalentes. Mais je sens, malgré tous mes efforts, combien je suis au-dessous du modéle que j'avois sous les yeux, & c'est ici le lieu d'avouer que si parmi beaucoup de morceaux foibles il s'en trouve quelques-uns de passables dans cette Traduction, je les dois à la Poësie de l'Auteur, qui respire la noblesse & le patricecisme. Voilà ce que j'avois à dire, touchant le foible hommage que je rends à mes Concitoyens; je serai trop recompensé de mon travail, si je puis joindre au plaisir de les avoir célébrés l'honneur de mériter leurs suffrages.

LE TEMPLE
DE LA GLOIRE.

L'ESPRIT de mille objets, occupé tour à tour;
Au fond d'un bois épais, de détour en détour,
J'errois à l'aventure : une grotte charmante,
A mes yeux étonnés, tout-à-coup ſe préſente ;
Une mouſſe légere en tapiſſoit les bords,
Et le lierre en feſtons ſerpentoit au dehors ;
Les ardeurs du ſoleil & le feuillage ſombre
M'invitoient à jouir de la fraîcheur de l'ombre :
J'entre ſans nul deſſein dans ce lieu plein d'appas,
Sans doute en ce moment un Dieu guidoit mes pas.
Je me jette au haſard ſur un lit de bruyere ;
Soudain le doux ſommeil vient fermer ma paupiere ;
Un ſonge fortuné s'empare de mes ſens,
La Nymphe à qui j'offris mes vœux & mon encens,
Que je chéris toujours dès ma plus tendre enfance,
La Meuſe m'apparoît dans un morne ſilence ;
D'une tremblante main elle porte un cyprès ;
Ses lugubres habits, ſes traits défigurés,
Ses larmes, ſon maintien, ſa démarche incertaine

Et ses yeux abattus qu'elle entr'ouvre avec peine,
Ses roseaux sur son front confusément épars,
Annoncent sa douleur à mes tristes regards.
» O Nymphe, m'écriai-je en la voyant paroître,
» Quel affreux changement! Puis-je vous reconnoître?
» D'où vient qu'à votre aspect mon cœur a palpité?
» D'un présage fâcheux seroit-il agité?
» Ne me déguisez pas le sujet de vos larmes.
» Hélas! vous ressentez de trop justes alarmes,......
» O mon fils, me dit-elle, & mes sens éperdus.......
» Chevert, ô Ciel! Chevert, ce grand homme n'est
plus;
» Lui que nos ennemis envioient à la France,
» Pour sa noble valeur & sa rare prudence »......
Je la vois se troubler en achevant ces mots:
Aux pleurs qu'elle répand je mêle des sanglots.
Mais la Gloire entendant nos regrets & nos plaintes,
Près de nous s'avança pour dissiper nos craintes.
» Cessez de vous livrer à de vaines douleurs,
» Dit-elle; le Héros qu'offenseroient vos pleurs,
» Sur la terre laissant ses dépouilles mortelles,
» A franchi le séjour des ombres éternelles.
» Par mon ordre son rang fut marqué dans les Cieux;
» Il régne maintenant avec les Demi-Dieux ».
Au milieu d'une plaine & riante & fertile,
S'éleve un vieux rocher qui commande à la ville.
La Gloire nous conduit sur ce roc éclatant;
Et d'une verge d'or le frappe: au même instant,
Par un secret pouvoir, l'art dompte la nature.
Déployant par degré sa noble architecture

Un

Un Temple est élevé. Les métaux les plus purs,
Le jaspe, le porphyre éclatent sur ses murs.
Cent colonnes d'airain de leur superbe tête
En ornent le portique, en soutiennent le faîte.
Tel & moins prompt encore Amphion autrefois
Fit obéir la pierre aux accents de sa voix.
La Meuse dès l'abord, surprise à cette vue,
Bientôt sent dans son ame une joie imprévue;
Un fortuné présage a calmé sa frayeur.
Tandis qu'elle admiroit ce spectacle enchanteur,
» Nymphe, lui dit la Gloire avec un doux sourire,
» Ce domaine est à moi, vous voyez mon empire;
» Je regne dans ces lieux; ce Temple est mon Palais:
» Ici j'ai rassemblé mes fideles sujets,
» Ceux dont on admira la savante industrie,
» Ces Guerriers dont le bras s'arma pour la Patrie,
» Ces illustres Prélats sur vos bords admirés,
» Ces doctes Ecrivains qui les ont célébrés,
» Ces pieux Orateurs, qui du haut de leurs chaires
» En foudroyant le vice ont éclairé leurs freres.
» Ici leurs noms fameux sont gravés sur l'airain;
» Venez les reconnoître ». Elle dit, & soudain
Elle nous introduit sous les voûtes du Temple.
Saisi d'étonnement, j'admire, je contemple;
Tout m'annonce la Gloire à de plus nobles traits,
Mes yeux sont éblouis de ses nouveaux attraits.
Au fond du Sanctuaire on découvre son Trône;
L'or & les diamans composent sa couronne,
La majesté se peint dans son noble regard.
Le front ceint des lauriers que sa main leur départ,

On voit ses favoris empressés autour d'elle,
Obtenir tour à tour les marques de son zele ;
Dans le sein d'un bonheur que rien ne peut troubler,
Des plus rares bienfaits elle aime à les combler.
Astrée à ses côtés tient en main sa balance ;
La vertu s'y distingue à sa noble décence.
Dans ces lieux enchantés, ô prodige de l'art !
L'opale, le rubis brillent de toute part.
  Digne d'un tel séjour que Losse le partage ;
De la reconnoissance il mérita ce gage ;
Etranger sur nos bords, de chaque Citoyen,
Il se montra toujours le plus ferme soutien :
A sa droite est Chevert. Transmis à la mémoire,
Ses exploits & son nom revivront dans l'histoire :
Voyez-le s'élancer au haut de ces remparts !
Sur les murs ennemis planter nos étendarts !
En quittant le combat oublier le carnage !
Pardonner aux Vaincus, défendre le pillage !
Et Maurice, & Chevert détestent des lauriers
Que Mars souilla du sang des malheureux Guerriers.
  Qu'on vante un Général dont la vertu commune
N'eut jamais à dompter le sort ni la fortune !
Par ses heureux exploits qu'il trompe l'Univers,
Le Héros de Verdun brille dans les revers.
Contraint d'abandonner une Ville assiégée,
Une adroite retraite est par lui ménagée.
Cette rare prudence ajoute à sa valeur ;
Il en reçoit le prix des mains de son Vainqueur.
  Tel on vit le Dieu Mars n'écoutant que sa rage
Dans la Thrace autrefois signaler son courage,

Tel se montre Chevert au milieu des combats.
Sur ces rocs en tout temps couronnés de frimats,
Dont le front sourcilleux se cache dans les nues;
Il ose se frayer des routes inconnues,
Affronter une armée, & cent tubes d'airain
Vomissant le trépas renfermé dans leur sein.
D'un obstacle imprévu son courage s'irrite;
Des plus vaillants soldats une brillante élite
Sous ses yeux s'accoutume à vaincre le danger,
Pour cueillir des lauriers qu'elle doit partager,
Brûlant de s'illustrer sous un nouvel Alcide.
On ne peut s'opposer à l'ardeur qui la guide.
Le François brave tout, conduit par un Bourbon;
Victor frémit de rage à cet auguste nom.
Il voit de tous côtés ses troupes en alarmes,
Contraintes de plier sous l'effort de nos armes,
Ses bataillons rompus, ses camps abandonnés,
Par le fer du Vainqueur, ses Guerriers moissonnés.
Lorsque Chevert combat, la mort vole à sa suite;
Il n'a qu'à se montrer, l'ennemi prend la fuite:
Le Germain l'éprouva. Voyez-vous ce rocher,
D'où le fer & le feu défendent d'approcher?
L'audacieux Chevert se porte sur la cime;
Suivi par les Guerriers que son exemple anime;
Attaque l'ennemi, le repousse.... O Français!
Il eût marqué ce jour par de brillants succès;
Mais il vit à regret sa valeur mal servie:
Tel est sur les humains le pouvoir de l'envie.....
Chevert ne vante pas l'éclat d'un nom fameux
Trop souvent inutile à de lâches neveux:

Sans appui, sans aïeux, orphelin dès l'enfance,
Son grand cœur lui tient lieu d'une illustre naissance:
Ses talens, ses exploits, sa vertu, ses lauriers
Lui méritoient le rang des plus fameux Guerriers:
Il s'éleve, guidé par son noble courage:
Sa grandeur est à lui, sa gloire est son ouvrage.

Non loin de ce Héros vieilli dans les hasards,
Une illustre Guerriere attire tes regards.
Meuse, enorgueillis-toi de la valeur d'Alberte; *
Partage les lauriers dont tu la vois couverte.
Tous ses brillants exploits sur tes bords sont connus,
Sous le casque Pallas, & sans armes Venus;
Mais Venus qu'embellit une aimable décence,
Sur son front respiroit l'éclat de sa naissance;
Ardente à maintenir les droits de ses vassaux,
Elle quitte soudain sa robe, ses fuseaux,
S'arme d'un fer vengeur, & nouvelle Amazone,
Ecarte de ses murs le brigand qu'elle étonne.
Sur un coursier fougueux vole-t'elle aux combats?
En tous lieux la victoire accompagne ses pas.
Tantôt elle défend l'innocence opprimée;
Là de ses ennemis la troupe est désarmée;
Ici n'écoutant plus que sa juste fureur,
Elle arrache une Vierge aux mains du ravisseur;
Et préservant du feu les moissons & les Temples,
Des plus rares vertus elle offre mille exemples.
L'heureux cultivateur moissonne ses guerets
En bénissant la main qui lui donne la paix.

* Madame de Saint-Balmont.

Parmi tous ces portraits dont la toile respire,
Celui-ci m'a frappé : quel respect il inspire !
A son noble maintien, son air majestueux,
Sans peine on reconnoît un Guerrier * généreux :
On ne sauroit compter les Héros de sa race ;
Mais par ses grands exploits lui seul nous les retrace :
Au dessus de la brigue il dédaigna toujours
L'art du vil Courtisan qui rampe dans les Cours,
Et ne doit sa grandeur qu'à sa honte, à ses crimes :
Dans l'équité toujours il puisa ses maximes.
Sage dans les conseils, vaillant dans les combats,
Une Reine l'admire au sein de ses Etats.

Les succès ne sont point à l'abri de l'envie ;
Elle ternit l'éclat de la plus belle vie.
Ce monstre dangereux que suit la trahison,
Toujours sur les talens distilla son poison.
Tu l'éprouvas, par lui ta perte fut jurée :
Ton bonheur n'eut, hélas ! qu'une courte durée,
Malheureux Citoyen **, digne de nos regrets,
Il arma contre toi des ennemis secrets.
En vain de ses faveurs un Monarque t'honore,
D'un titre glorieux en vain il te décore ;
Ta grandeur échoua contre un funeste écueil,
Et les envieux seuls ont creusé ton cercueil.

Est-ce vous que je vois, Pontifes vénérables ?
Vous avez dans nos cœurs des monumens durables.
Vous Maldavée, Airy, vos bienfaits immortels
Feront fumer pour vous l'encens sur nos autels.

* M. de Saintignon.
** M. Diard.

On sait que dans vos bras la veuve & le pupille,
Contre les oppresseurs, trouvoient un asyle :
Semblables à Desnos, en leur servant d'appui,
Vous fites autrefois ce qu'il fait aujourd'hui.

Pseaume reçut le jour sous une humble chaumiere,
Sa vertu des honneurs lui fraya la carriere :
A Trente on l'admira dans ces temps malheureux
Que l'erreur infectoit d'un souffle dangereux.
Il frappa les esprits de sa mâle éloquence,
Lorsque du culte antique embrassant la défense.
De la Religion il réclamoit les droits,
La réforme des mœurs & le maintien des loix.

Le modeste Joli dont il fut le modèle,
A la mître appellé, brûlant du même zèle,
Supporta comme lui le pénible fardeau
De veiller avec soin sur un nombreux troupeau.
Animé de l'esprit qui dicta l'Evangile,
La vérité sans fard se peignit dans son style;
Il ne voulut jamais emprunter le secours
D'un art qui nous séduit par ses brillants détours.

Le vertueux Didier, d'un cœur exempt de vices,
Sous la haire à son Dieu consacra les prémices :
Il réprima bientôt les abus criminels
Qu'enfantoit le désordre à l'ombre des autels.
Des loix qu'il prescrivit observateur rigide,
Et ranimant un zele encor foible & timide,
Par ses soins désormais le scandale aboli
Disparut & fit place à l'ordre rétabli.

Notre siecle en vertus peut-être moins illustre
Des siecles précédens n'a point perdu le lustre :

J'en appelle à témoins tous ces hommes pieux
En qui brilloient les mœurs de nos premiers aïeux.
Celui-ci * chaque jour nourri du pain des Anges,
Offroit à l'Eternel son tribut de louanges :
Publiez les bienfaits dont il vous a comblés ;
En foule autour de lui je vous vois rassemblés,
Vous que faisoit gémir une affreuse misere !
Sensible à vos malheurs il vous tint lieu de pere.
Que de trésors par lui versés dans votre sein !
Vous le savez : souvent sa généreuse main
Perça l'obscurité de vos sombres retraites,
Et vous y prodigua des largesses secretes.
Admirons le Guerrier qui, par un noble effort,
A bravé pour son Roi les horreurs de la mort :
Sans doute sa valeur mérite une couronne :
Que son front soit orné des palmes de Bellone.
Qu'un Ecrivain fameux par ses doctes écrits,
Des mains de Phœbus même obtienne encore un prix.
Mais à l'humble vertu chacun doit rendre hommage.
Celui qui suit ses loix se plaît à vivre en sage ;
Ennemi de l'éclat, méprisant la grandeur,
En lui la probité se joint à la candeur :
Il vole chaque jour où son devoir l'appelle ;
Il fait sentir à tous sa bonté paternelle ;
Aux cris de l'indigent il se laisse attendrir,
Et lui tend une main toujours prête à s'ouvrir.
A de si nobles traits qui peut vous ** méconnoître ?
Vous que dans sa bonté le Ciel avoit fait naître ;

* M. Thomassin.
** M. Mathelin.

Vous dont le souvenir réveille nos douleurs,
Que l'on ne peut nommer sans répandre des pleurs.
Vos vertus, vos bienfaits vivront dans la mémoire;
Recueillez-en les fruits; soyez couvert de gloire;
Vous avez mérité ce sort délicieux:
Le mortel bienfaisant se rend égal aux Dieux.

Celui-là * qu'environne un cortege nombreux,
Jadis fut surnommé l'ami des malheureux;
Il fut pour eux toujours charitable & facile;
Sa main leur éleva ce respectable asyle,
Où la tendre pitié leur fournit des secours
Contre les maux cruels qui consument leurs jours.
Bethune consomma cet immortel ouvrage
En les enrichissant de tout son héritage.

La Meuse en ce moment s'arrête, voit Aymard,
Et sur ce grand Prélat jette un tendre regard.
Elle veut lui parler: mais sa langue glacée
Ne prête plus de sons à sa triste pensée.
Des pleurs qu'elle répand rien n'arrête le cours:
» La parque impitoyable a donc tranché tes jours,
» S'écria-t'elle enfin, ce sublime génie,
» Cette douceur affable à la noblesse unie,
» Ce front qu'embellissoit une aimable candeur,
» Ta naissance, ton rang, la bonté de ton cœur,
» Ni ta vertu sans fard exempte d'imposture,
» Ni les dons que sur toi répandit la nature
» D'un funeste trépas n'ont pu te garantir!
» O rigueur du destin qu'on ne sauroit fléchir!

* M. de Bethune.

» Respectable Prélat né pour servir d'exemple,
» Ce noble monument élevé dans le Temple,
» Ce gage du respect que t'ont juré nos cœurs,
» Chaque jour est encore arrosé de nos pleurs:
» Du temps qui détruit tout ton nom bravant l'outrage
» A la postérité passera d'âge en âge.
» Le vieillard que ta mort accabla de regrets,
» A ses fils en mourant redira tes bienfaits:
» Verdun conservera ta mémoire chérie;
» Pourroit-il oublier l'ami de la Patrie!»
Ainsi parloit la Meuse en poussant des sanglots.
La Gloire l'interrompt & poursuit en ces mots:
» Ici tous les talens trouvent leurs récompenses.
» On n'y connut jamais d'injustes préférences.
» Sur de nombreux rivaux la puissance, le sang
» N'y briguerent jamais l'honneur du premier rang.
» C'est au mérite seul que la Gloire le donne.
» De ces Freres * que ceint une double couronne,
» L'un savoit peindre à fresque, & ses desseins hardis
» Jettés comme au hazard sur de vastes lambris,
» A l'œil surpris offroient une heureuse imposture.
» L'autre dans ses portraits imitant la nature,
» Saisissoit avec art jusques au moindre trait;
» Sous ces brillants pinceaux la toile respiroit.
» Quel est celui qu'entoure une foule attentive
» Dans ce calme profond quel charme la captive!
» Je reconnois Madin aux accents de sa voix:
» Euterpe lui montra ses secrets & ses loix.

* MM. Christophe.

» De la Grece autrefois si fertile en merveilles,
» Orphée avec moins d'art enchantoit les oreilles.
» Mon cœur se sent ému par ses tendres accords;
» J'éprouve en l'écoutant les plus heureux transports.
» Voilà cet Ecrivain *, dont la fertile plume,
» De ton histoire, ô Meuse! enfanta le volume.
» Souvent dans ses écrits trop de crédulité
» Aux yeux de ses Lecteurs masque la vérité,
» Et de nos premiers Rois embrouille la chronique,
» Ses recherches du moins fléchiront la critique.
» Seul il a garanti du naufrage des tems
» Des titres précieux & des faits importans.
» Roussel qui le suivit dans la même carriere,
» Avec plus de succès a traité sa matiere.
» Son stile toujours froid manque de dignité,
» Se traîne pésamment devant la vérité:
» Tous deux ils ont des droits à la reconnoissance.
» L'Eleve de Berard, Berthaire les devance;
» Témoin de nos malheurs il les eût réparés,
» S'il avoit découvert des secours assurés:
» Mais il vit de son tems nos annales savantes,
» Nos monumens en proie aux flammes dévorantes.
» François, n'aspirez plus aux lauriers odieux
» Dont on n'est couronné qu'en attaquant les cieux.
» En vain l'impiété, par des écrits infames,
» S'efforce tous les jours de corrompre nos ames;
» De sa Religion Dieu vengera les droits,
» Malheur à tout mortel qui transgresse ses loix!

* M. Vassebourg.

» Laubrussel vous l'apprit ; il fixa dans son livre
» Ces principes certains que tout censeur doit suivre,
» Lorsque fermant l'oreille à la voix de l'erreur,
» La pure vérité parle encore à son cœur.
» Sous le joug de la foi que notre esprit s'abaisse,
» Et la raison alors sentira sa foiblesse.
» Celui qui porte en main l'olive de Pallas
» Fit fleurir le commerce au sein de deux Etats.
» Tels furent les effets d'une heureuse alliance :
» Gerbillon la forma guidé par sa prudence :
» Entre deux Souverains, arbitre de la paix,
» Il les rendit heureux ainsi que leurs sujets.
» O Vieillard * vénérable à qui les destinées
» Filerent autrefois les plus longues années,
» Le Ciel en vous créant, comme un autre Nestor,
» Vous combla de vertus dignes du siecle d'or.
» Si vous êtes placé dans cet auguste Temple,
» Parmi tous les Héros que mon œil y contemple,
» Jouissez d'un destin qui vous étoit promis,
» Vous que l'on avoit vu l'oracle de Thémis,
» Aux Justes opprimés tendre une main propice,
» D'un procès ténébreux démêler l'artifice,
» Et contre la chicane interprêtant les Loix,
» Rendre à la probité son honneur & ses droits ;
» D'un ennemi coupable intimider la rage,
» D'un sordide intérêt dissiper le nuage,
» Réunir des parens qui fomentoient entr'eux
» Une haine cruelle & des débats affreux.

* M. Rouyer.

» Le temps sur votre front avoit empreint ses traces :
» Votre esprit fut toujours dans la saison des graces :
» On eût dit que pour vous les siecles reculés,
» Par un prodige heureux s'étoient renouvellés.
» Mais pourquoi falloit-il que votre modestie
» Se plût à dérober aux yeux de la patrie
» Une foule d'écrits qui nous eût éclairés,
» Et que le Dieu du goût vous avoit inspirés ?

Tandis que j'admirois dans un profond silence
Les discours de la Gloire & sa vive éloquence,
Tous mes Contemporains au Temple parvenus
Vinrent s'offrir à moi ; leurs traits m'étoient connus.

Immolant son repos au desir d'être utile,
L'un * s'excerça long-temps dans un art difficile,
Et quoiqu'il ait subi le triste arrêt du sort,
Son nom qui lui survit triomphe de la mort.
Combien de monuments rendus à la lumiere,
Sans lui seroient cachés au sein de la poussiere !
Par ses heureux travaux le Temple du Seigneur
Recouvre tout-à-coup son antique splendeur.

Aux devoirs de son rang, Watronville fidèle
Pour ses Concitoyens fit éclater son zèle :
Ils célebrent encor ses mœurs, sa bonne foi,
L'inflexible équité qui fût toujours sa loi.
Qu'il sut bien conserver les nobles caracteres
De la haute vertu qui brilloit dans ses Peres !

Quel plaisir tout-à-coup s'empare de mon cœur !
Seroit-il abusé par une aimable erreur ?

* M. Guédon.

Que dis-je? je le sens; c'est qu'à ce Temple illustre
Ta présence, Beauzée, ajoute un nouveau lustre:
Verdun en ta faveur signala ses transports,
Lorsque tu fus admis dans cet auguste corps
Que la France a créé l'arbitre du langage.
Heureux de partager un si bel avantage!
Mais tu le méritois pour prix de tes travaux:
Tu ne l'as point brigué dans un lâche repos;
Toi seul osant lever un voile impénétrable,
Nous frayas vers ton art un sentier praticable,
En nous développant ces principes cachés
Qu'on ignoroit encor, quoiqu'on les eût cherchés.

Tandis que ces objets s'offroient tous à ma vue,
Un cri frappe les airs; j'apperçois La-Bâlue.
Du sein de la poussiere à la pourpre élevé,
Ministre ambitieux, politique achevé,
De tant d'heureux succès qui flattoient son audace
Il ne lui reste enfin qu'une affreuse disgrace.
Son air morne, son front où se peint la pâleur,
Ses cheveux hérissés annoncent sa douleur:
Il vouloit pénétrer jusques au sanctuaire.......
La Gloire qui le voit s'arme d'un front sévere,
Et sourde à la pitié qu'excitent ses sanglots,
L'arrête, le repousse, & lui parle en ces mots:
» Traître, sors de ces lieux que souille ta présence,
» Qu'as-tu fais pour ton Roi? Qu'as-tu fais pour la
» France?
» As-tu versé ton sang dans les plaines de Mars,
» Pratiqué la vertu, cultivé les beaux arts?
» Croyois-tu me cacher tant de honteuses brigues,

» De lâches trahiſons & de baſſes intrigues ?
» Les titres, les honneurs te ſont tous ſuperflus :
» Ceſſe de me vanter un nom que tu n'as plus ;
» De quoi ſert-il ce nom, quand on le déshonore ?
» Si quelque ſcélérat veut t'imiter encore,
» Qu'il apprenne du moins qu'un opprobre éternel
» A jamais flétrira l'illuſtre criminel ».
Ainſi parle la Gloire, & le Prélat coupable
Déplore en gémiſſant le deſtin qui l'accable.

J'admirois ces objets pour moi délicieux,
Quand un fâcheux réveil les dérobe à mes yeux.
Le Dieu du jour alors achevant ſa carriere,
Lançoit les derniers traits de ſa vive lumiere.

O toi *, qui réunis l'eſprit & la valeur,
Toi, le premier objet qui ſourit à mon cœur,
Avec qui, tu le ſais, dès ma tendre jeuneſſe
J'approchai de ces bords qu'arroſe le Permeſſe,
Lorſque prenant l'eſſor pour la premiere fois,
Des Filles d'Apollon j'oſai ſuivre les loix ;
Va fournir en Héros ta brillante carriere :
Athlete, couvre-toi d'une noble pouſſiere :
Cours, vole ſur les pas de nos plus grands Guerriers :
Et la Gloire à ce prix te promet ſes lauriers.

* M. Hallot.

INSCRIPTION

Qui est au bas du Tableau de M. Losse.

Ayant, Messieurs de l'Eglise de céans, souvenance continuelle des vertus rares de feu Très-honoré Messire Jean de Losse, en son vivant, Seigneur dudit lieu, & autres places, lequel, par les regnes des feus Rois François premier, Henry II, François II, Charles IX, & Henry III, mérita avec sueur, sang & prison, d'être honoré premièrement d'une Compagnie de Chevaux-légers, depuis successivement fut Gouverneur & Lieutenant-général ès places de Maubert, Fonteine, Rocroy, Therovene, Marienbourg & Châtelanie des Cônis, pays de Liége, ès confins des Ardennes, Gouverneur du Roi de Navarre Henry, & Surintendant de sa maison & affaires, Lieutenant de sa Compagnie de cent hommes d'armes, Chevalier des ordres, Gouverneur & Lieutenant-général en cette cité, Marchal-de-camp de l'armée du Roi ès premiers troubles, Capitaine de cinquante hommes d'armes, Gouverneur, Lieutenant-général à Pluviers, & pays de la Bausse & Valantinois, premier Capitaine des Gardes du corps du Roi, Gouverneur & Lieutenant-général de Lyon & pays Lyonnois, Beaujolois & Forêts, Capitaine du Louvre, Conseiller au Conseil privé & d'État, Lieutenant-général en Guienne, de-çà la Garonne, ayant outre ce été employé en plusieurs autres charges, dont il s'est très-bien & valeureusement acquitté, à raison de quoi, & que durant sa vie, il s'est montré zélateur du nom de Dieu, défenseur de son Eglise, protecteur tant de notre sainte Foi catholique & romaine que des personnes ecclésiastiques ; pour ces causes, mesdits Sieurs de céans, après avoir reçu les tristes nouvelles de sa mort, désirant que chacun voye perpétuellement sa mémoire, & prie Dieu pour lui & son fils, lequel étant sorti d'enfant d'honneur du feu Roi Charles, fait le voyage d'Hongrie contre les infideles lorsque le Turc print Ciguet, & depuis fut Gentilhomme de la Chambre de Sa Majesté, Gouverneur de la Citadelle * de ce lieu, & Capitaine de deux cens hommes de pied, Gentilhomme de la Chambre du Roi de Navarre, Guidon de cent hommes d'armes de Monsieur du Duc de Longueville, & à présent Gouverneur & Lieutenant-général en ce lieu, & Gentilhomme ordinaire de la Chambre du Roi, ils leur ont érigé ce Tableau l'année 1582.

* Il y a ici un mot effacé dans l'Inscription, on a substitué celui de *Citadelle*; cependant il n'y avoit pas de Citadelle à Verdun en ce temps.

EPITAPHE

De Monseigneur de NICOLAY, *Evêque de Verdun, par l'Auteur du Poëme latin.*

D. O. M.

AD pedes Dei-paræ Virginis
In Templo isto,
Quod fulmine percussum è cineribus suis suscitavit,
Et ad splendidiorem statum evexit
Sumptibus, curis, diligentiâ,
Jacet
D. D. Aymardus-Christianus-Franciscus-Michael
DE NICOLAY,
Olim Cleri Gallicani Agens Generalis,
Episcopus & Comes Virdunensis,
Sacri Romani Imperii Princeps,
Primus ab Eleemosinis serenissimæ Delphinæ
Designatus :
Quem
Luget Clerus Gallicanus
Strenuum immunitatum suarum defensorem ;
Religio plorat, ut
Pastorem vigilantissimum, formam Gregis,
Et acerrimum veritatis propugnatorem ;
Querimoniis Urbs ista repetit
Patronum rebus in arctis sedulum & potentem,
Et in annonæ inopiâ provisorem magnificum ;

Traduction de l'Epitaphe latine de Monseigneur. de NICOLAY*, Evêque de Verdun, gravée sur sa tombe, dans la Chapelle de la sainte Vierge de la Cathédrale.* *

CI-GIST

ILLUSTRE & excellent Seigneur
Monseigneur Aymard-Chrétien-François-Michel
DE NICOLAY,
Ancien Agent-général du Clergé de France,
Evêque & Comte de Verdun, Prince du Saint-Empire,
Premier Aumônier en survivance de Mad. la Dauphine.
Cet Autel,
Près duquel il repose,
Ce Temple
Est presqu'en entier son ouvrage;
Le feu du Ciel l'avoit consumé:
Par son activité, ses soins & ses libéralités,
Il le fit sortir de ses cendres
Plus riche & plus majestueux.
Le Clergé de France le pleure:
Il perd en lui le défenseur de ses immunités.
La Religion le pleure:
Elle n'eut point de Pasteur plus vigilant, plus exemplaire,
Plus attaché à ses vérités,
Plus ardent à les défendre.
Cette Ville le pleure:
Elle trouva en lui, dans les positions les plus critiques,
Un Protecteur
Qu'aucune difficulté n'effrayoit,
Qu'aucun obstacle n'arrêtoit;
Un pere tendre & magnifique,
Qui, dans les jours de calamités,
Tarit la source de ses larmes,
Et pourvut à tous ses besoins.

* Par M. l'Abbé de Souville.

Aula demirata est

Moribus probum, sermone veracem, candore eximium;

Serenissimus Delphinus & Augusta Conjux

Inter familiares habuere præcipuum,

In colloquiis intimum, in morte consolatorem pium.

Sui cum experti sunt

Bonum, Beneficum:

Cives omnes, omnes exteri

Audivêre comem, modestum,

Ingenio excelsum,

Qui

Curiosè indagavit quidquid in scientiis occultum,

Feliciter penetravit quidquid profundum.

Longo gravique morbo confectus, non victus,

Inter lamenta Cleri sui, Civitatis suæ interiit;

Sed non totus ille nobis ereptus

Cujus

Hoc in Templo monumenta

Revocabunt memoriam,

Augebunt desiderium.

Obiit anno ætatis XLIX. V. idus Decembris

M. DCC. LXIX.

A la Cour,
Il se fit admirer
Par l'intégrité de ses mœurs, par sa droiture & sa franchise:
De protégé de Monseigneur le Dauphin,
Il en devint l'ami;
Ce Prince & son auguste épouse
N'en eurent point de plus intime pendant la vie,
De plus religieux & de plus consolant
Au lit de la mort.
Pour les siens
Il fut toujours bon & bienfaisant.
Pour les Citoyens
Ainsi que pour les Etrangers,
Toujours affable, toujours gracieux;
Génie sublime,
La modestie le rendoit intéressant à tout le monde.
Avide de savoir,
Il recherchoit avec curiosité ce qu'il y a de plus caché dans les sciences,
Et il pénétroit avec facilité
Ce qu'elles ont de plus profond.
Après une longue & cruelle maladie
Qui accabla son corps,
Sans altérer la sérénité de son ame,
Il expira
Au milieu de son Clergé en pleurs,
Et de cette Ville désolée.
Mais
Il n'est pas mort tout entier pour nous!
Il vit dans ce Temple;
Il vit dans les monumens de sa bienfaisance:
Ils éterniseront sa mémoire,
Notre amour
Et nos regrets.
Il est mort le IX. de Décembre M. DCC. LXIX.
âgé de XLIX. ans.

EPITAPHE DE M. ROUYER,

Ancien Avocat-général du Parlement de Metz, par M. de NICOLAY, Evêque de Verdun.

HÎC JACET
VIR optimus Franciscus ROUYER
Hujusce Urbis honos, amor & desiderium :
In Senatu Metensi
Partes Advocati Regii egit
Legum peritus, justi tenax, Orator
Puritate sermonis laudandus.
Relictis rebus forensibus
In hanc Urbem secessit,
Ibi Concivibus suis non pauciora
Præstitit privatus officia,
Quàm ubi vir erat publicus:
Doctos & viros scientiarum cupidos
Doctrinâ suâ adjuvabat ;
Pauperes re & consilio tuebatur.
Suavissimâ morum amænitate
Quàm plures sibi jungebat amicos
Quibus profuit omnibus modis,
Et magìs semper profuisse voluisset.
Placebat omnibus
Ingenuâ simplicitate, & miro animi candore ;
Mediocri fortunâ nemo unquàm liberaliùs usus est.
Si numerum annorum quos vixit numeraveris,
Grandævus videbitur ;
Attigit enim quatuordecim annos super octoginta.

Traduction libre de l'Epitaphe latine de M. ROUYER, par M. ***

CI-GÎT
MESSIRE François ROUYER,
Homme véritablement digne d'estime & de vénération,
L'honneur, l'amour & les regrets de cette Ville;
Chargé du Ministere public dans le Parlement de Metz,
Il s'y distingua
Par la plus profonde connoissance des Loix,
Par le plus grand amour de la justice,
Par la pureté & les graces de son éloquence.
Ayant quitté le Barreau, & retiré dans cette Ville
Dans sa condition privée, il ne rendit pas de moindres services
A ses Concitoyens,
Qu'il en avoit rendu au Public dans les fonctions de la Magistrature.
Cher à tout le monde
Par la candeur de son ame,
Par la simplicité de ses mœurs,
Par les agrémens de son commerce,
Il eut beaucoup d'amis dans tous les temps de sa vie:
Aimant à rendre service,
Il ne s'occupoit que d'être utile à tous,
Et toujours il eût voulu l'être davantage.
Les plus savans sortoient toujours d'avec lui plus instruits,
Et cependant jamais à tant de science on ne joignit plus de modestie.
Les pauvres trouvoient en lui un pere compatissant,
Un conseiller sage & affectionné.
Personne ne fit un usage plus noble de la fortune la plus médiocre.
Si vous comptez le nombre de ses années,
Sa vie fut longue, puisqu'il atteignit l'âge de 94 ans.

Si vitæ longitudinem præclarè gestis æstimaveris
Plenus etiam dierum dicendus est.
Si consulis Civium vota,
Præmaturâ morte ereptus videbitur.
Animum tot ac tantis virtutibus exornatum
Præclaris artibus tam excultum
Urbanâ amænitate tam jucundum
Inspicite Cives & æmulamini,
Illique Deum propitium precibus efficite.

Hoc monumentum
Non superbia, non ambitio, non cæcus amor,
Sed amica virtutis veritas
Posuit.

Si vous mesurez la durée de sa vie
Par les vertus qui l'ont ornée,
Par les belles actions qui l'ont remplie,
Elle vous paroîtra encore bien au-delà des bornes ordinaires;
Car tous ses jours ont été utilement employés:
Mais si vous consultez les vœux de ses Concitoyens,
Vous trouverez sa mort prématurée.
Vous qui viviez avec lui,
Fixez vos regards sur cette ame douée de si heureuses qualités,
Sur cet esprit si orné, si cultivé,
Sur ce caractere si honnête, si agréable,
Et que la beauté d'un modele si parfait vous engage à l'imiter.
Que vos prieres sur-tout fléchissent en sa faveur
Le Dieu de toute miséricorde.

Cet éloge fut dicté, non par l'orgueil, non par
L'ambition, non par une aveugle amitié, mais par
La vérité qui aime le vrai.

ERRATA.

Page 12. lig. derniere de la premiere note, emportent, *lisez*, emporterent.
Pag. 14. lig. seconde, pro stat, *lisez*, stat pro.
Ibid. l'avant-derniere lig. de la seconde note, qu'il y manque, *lisez*, qu'il manque.
Pag. 15. lig. neuviéme, qu'attire, *lisez*, qui attire.
Pag. 23. lig. treiziéme, la chaume, *lisez*, le chaume.
Pag. 25. lig. onziéme, les aima, *lisez*, il les aima.
Pag. 36. ajoutez à la fin de la premiere note, 67 ans.
Pag. 37. lig. vingt-quatre, ses sinceres, *lisez*, ces sinceres.
Pag. 39. ligne seiziéme, il étoit défendu, *lisez*, il lui étoit défendu.
Pag. 56. après le sixiéme vers ou a omis ces deux ci:

Comme eux par des bienfaits il compte ses journées:
Heureux qui peut ainsi remplir ses destinées!

www.ingramcontent.com/pod-product-compliance
Ingram Content Group UK Ltd.
Pitfield, Milton Keynes, MK11 3LW, UK
UKHW020319220726
13923UKWH00003B/1246

9 782014 431452